다시 찾은
한반도

다시 찾은 한반도

발행일   2020년 3월 25일

지은이   정유헌
펴낸이   손형국
펴낸곳   (주)북랩
편집인   선일영   편집   강대건, 최예은, 최승헌, 김경무, 이예지
디자인   이현수, 김민하, 한수희, 김윤주, 허지혜   제작   박기성, 황동현, 구성우, 장홍석
마케팅   김회란, 박진관, 조하라, 장은별
출판등록 2004. 12. 1(제2012-000051호)
주소   서울특별시 금천구 가산디지털 1로 168, 우림라이온스밸리 B동 B113~114호, C동 B101호
홈페이지 www.book.co.kr
전화번호 (02)2026-5777   팩스   (02)2026-5747

ISBN   979-11-6539-138-6 03810 (종이책)   979-11-6539-139-3 05810 (전자책)

이 도서의 국립중앙도서관 출판예정도서목록(CIP)은 서지정보유통지원시스템 홈페이지(http://seoji.nl.go.kr)와
국가자료공동목록시스템(http://www.nl.go.kr/kolisnet)에서 이용하실 수 있습니다.
(CIP제어번호: CIP2020012157)

(주)북랩 성공출판의 파트너

북랩 홈페이지와 패밀리 사이트에서 다양한 출판 솔루션을 만나 보세요!

홈페이지 book.co.kr   •   **블로그** blog.naver.com/essaybook   •   **출판문의** book@book.co.kr

정 유 헌
장편소설

다시 찾은 한반도

누구도 상상하지 못한 평화 프로세스가
국제 무대의 중심, 대한민국에서 펼쳐진다

북랩 book Lab

차례

CHAPTER

1.

SNS

국민 여러분, 지금의 국가를 만든 이는 누구입니까? 다름 아닌 정부가 지금의 국가를 만들었다고 생각합니다. 지난 세월 끊임없이 싸워 온 권력 투쟁의 희생양이 된 우리 국민 여러분....... 아직 늦지 않았습니다. 이제는 우리가 바꿔 나가야 합니다. 제가 이 자리에 서게 된 이유입니다. 물론 저는 훌륭한 박사도 아니며, 아무것도 가진 게 없는 사람입니다. 거리 연설, 홍보 등 여러 가지로 여러분들과 함께하고 싶지만, 아무것도 없는 저에게 여러분께 다가설 수 있는 방법은 이 방법밖에 없었습니다.

그리고 한 후보의 SNS에 이어지는 연설문.

지금 이 나라가 가지고 있는 약 700조가 넘는 빚을 어떻게 해결할 것입니까? 다들 알다시피 빚은 시간이 갈수록 늘어만 갈 것이고, 결국 이 나라는 망하고 말겠지요. 지난 세월 이 나라 젊은 세대들의 이민이 늘어가고, 서민들의 지갑을 털어가는 정부를 보면서 쿠데타가 일어나지 않은 것이 정말 다행이었지요. 이제 더 이상 우리는 권력 다툼의 희생양이 되어서는 안 됩니다. 또한 새 시대를 열어갈 어린이들에게 꿈과 희망을 줄 수 있는 정부를 만들어야 하지 않겠습니까? 전 지금 힘도 없고 배운 것도 많지 않지만, 제 주위엔 많은 전문가들이 있습니다. '누가 무슨 말을 할 수 있느냐?'보다는 '누가 무슨 일을 할 수 있는가?'가 중요하다고 생각합니다. 지난 세월 누구 하나 책임지지 않으며, 무수한 말들만 오고가지 않았습니까? 전 실행할 수 없는 말보다 실행할 수 있는 일을 하겠습니다.

이어지는 다음 페이지에는 그 후보의 지금의 시대를 비판한 추진 공약이 하나둘씩 올라와 있었다.

저의 첫 번째 공약은 국회 의원들의 나이 제한입니다.

전 국회 의원들의 나이 제한을 50세 이하로 정하여, 젊은 정부를 만들어 가겠습니다. 물론 의원들의 많은 반발이 있겠지요....... 전 국민 투표로 이 사항을 결정하겠습니다. 국민의 뜻을 저버린다면 그들은 이미 국민을 대표하는 의원이 아닌 것입니다.

두 번째, 전 이 나라를 짊어지고 나갈 어린이들을 위해 초등학교에서의 활동 중심의 교육과 인성 교육을 더욱더 강화하도록 하겠습니다. 지금 어린이들을 보고 있자면, 불쌍해 보이지요. 전 개인적으로 이 시기에 배워야 할 것은 공부가 아닌 인성이라고 생각합니다. 어린 시절부터 서로 다투어 가며 순위를 정해 살아가는 인생을 배워 온 아이들이 앞으로 뭘 배우며 살아가겠습니까? 지금 어른이 아닌 어른을 누가 만든 겁니까? 서로 싸우며 자기 잘못을 뉘우치지도 못하는 그런 사람들을 과연 누가 만든 겁니까? 우리가 미래를 보며 바꿔야 할 것 중 장차 이 나라를 짊어지고 나갈 어린이들을 잘 보살피는 것이 우선시 되어야 한다고 생각합니다.

세 번째, 우리나라를 다시 일으킬 가장 중요한 사항입니다. 저는 반드시 남북통일을 이루어 내도록 노력하겠습니다. 감히 제가 판단하기로 현 정부는 자발적으로 다시 일어설 수 있는 힘이 없습니다. 지금 현재 북한에 매장된 석유 매장량이 세계 3위, 희토류 매장량이 세계 1위 인 것을 알고 계십니까? 제가 당선된다면 최우선 과제로 남북통일에 앞장서겠습니다.

그리고 마지막 부탁의 말씀을 드리겠습니다.

국민 여러분께 죄송스러운 말이지만, 제가 당선된다면 일단 국고 부채 탕감을 위한 각 세대에 처음이자 마지막, 딱 한번 자율 납부 고지서를 발부하겠습니다. 연봉 3~4천만 원미만 1만 원 고지서, 5천만 원 미만 2만 원, 6천만 원 미만 3만 원, 7천만 원 미만 4만 원...... 그리고 상위 기업들은 1억 이상, 중위 기업들은 1억 원 미만으로 납부 고지서를 보내겠습니다. 이 납부 고지서는 강제성을 띠지 않는 고지서로 자율 납부해 주시면 절대 다른 곳에 사용치 않고 부채 탕감에 사용하고 전부 공개토록 하겠습니다. 정말 죄송스럽지만 이전 정부가 만들어 놓은 빚은 탕감하고 새롭게 시작해 나갑시다.

어느 순간 이 글이 인터넷상에서 퍼지면서, 대통령 선출에 파란을 일으키기 시작했으며, 특히 젊은 세대들의 대폭적인 지지를 받으며 이 무소속 후보의 신상이 인터넷을 통하여 공개되기 시작했다.

이름 정유천
나이 43세
학벌 대졸
출신 부산
그 외 특이 사항 없음

그리고 그 친구들의 신상 정보도 일제히 공개되기 시작했다.

이름 조경대

나이 43세

학벌 카이스트 건설 및 환경공학과 교수

출신 부산

이름 신오동

나이 43세

학벌 존스홉킨스대학 경제학 박사

출신 부산

이름 박찬식

나이 43세

학벌 카이스트 전기 및 전자공학부 교수

출신 부산

"미안하데이, 나 때문에 너거들 정보까지……."

"괘안타 마, 그래도 우리는 널 지지한다. 끝까지 함 가 보자."

"근데, 이 방법이 과연 통할까?"

"지금 인터넷상을 보면 반응은 최고니, 좀 지켜보자고……."

이렇게 말하는 그들의 얼굴에는 희망과 절망이라는 미묘한 표정이 얼굴에 서려 있었다.

며칠 후 인터넷상에서 놀라운 현상이 일어났다.

국민여러분! 이제 우리가 일어서야 할 때입니다. 그동안 얼마나 힘겨운 걸음을 해 왔습니까? 우리들 마음속 깊이 간직했던 생각들을 세상 밖으로 끄집어 낸 사람이 바로 정유천 후보입니다. 정유천 후보를 믿고 따릅시다.

이런 글들이 여기저기 인터넷상을 떠돌아다니기 시작했다. 유천 일행은 갑작스런 이런 일들로 인해 놀라면서도 한편으로는 이 일의 주동자가 누구인지 궁금해하고 있었다. 그러던 중 울리는 전화 벨소리.

경대의 귓속에 앳된 여성의 목소리가 울려 퍼졌다.

"여보세요? 거기 정유천 선거 사무실이죠?"

"네, 맞습니다."

"저…… 혹시 SNS 보셨나요?"

"혹시, 지금 떠돌아다니는 내용 말씀이신가요?"

"네, 저는 유천 후보님을 지지하고 있는 지방대 학생으로 후보님의 선거 운동을 조금이나마 도와드리고자 무례하게도 일을 벌였습니다. 사전에 말씀드리지 못한 점 이해해 주세요. 혹 민폐라도 끼칠까 염려되어 전화드렸습니다."

"아닙니다. 저희야 지지해 주신다면 고마울 따름이지요."

"다행이네요. 전 혹시나 후보님에게 이 일로 인해 좋지 않은 일이라도 생길까 걱정이 되었습니다."

"걱정하지 마세요. 그런 일은 생기지 않을 겁니다. 앞으로도 계속 잘 부탁드립니다."

"호호호. 걱정 붙들어 매세요. 전 앞으로도 후보님이 당선될 수 있도록 최선을 다할 생각이거든요. 참, 그리고 혹시라도 제가 도울 일이 있으면 언제든지 불러 주세요. 기꺼이 도와드릴게요."

"감사합니다. 저희야 도와주신다면 정말 고맙지요."

"그리고, 부산은 걱정 마세요. 제가 부산 지역 모임의 총 책임 자라……. 절 믿어 주세요."

"고맙긴 한데, 힘든 일이 될 텐데요. 저희 쪽에서 인원을 좀 보내 드릴까요?"

"아뇨, 인원도 없으실 텐데 제가 알아서 할게요. 제 친구들 중에도 후보님을 지지하는 사람이 많이 있어요. 그럼 나중에 한번 찾아뵐게요."

"고맙습니다. 이렇게 저희를 지지해 주시니, 꼭 한번 오세요. 같이 저녁이나 하게……."

"네, 그럼 힘드시겠지만 수고들 하세요."

"네, 감사합니다."

전화를 마친 경대의 환한 미소에 유천은 무슨 일이지 하며 경대를 바라보고 말했다.

"누군데?"

"어, 널 지지하는 모임의 부산 총 책임자라는데, 아직 앳된 대학생이네. 이 나라가 끝날 운명은 아닌가 봐. 아직까지 이런 학생들이 있을 줄이야. 너 나중에 잘못하면 그냥 아작나겠는걸?

너의 두 어깨에 이 나라의 젊은이들이 있다는 걸 염두에 둬."

"그래, 너무 무거운 짐을 짊어졌네……."

그리고 며칠 뒤 SNS상에서 난리가 났다. 처음에는 부산에서 유천을 지지하는 사이트가 개설되더니, 이제는 전국적으로 지지 사이트가 개설되었다. 아마도 저번 그 학생인 듯했다. 그리고 얼마 후 각종 언론사들의 취재 방문까지 벌어졌다.

"참 SNS 대단하네. 그 전에는 날 거들떠도 안 보던 방송사들이 이렇게나 밀려오다니."

혼잣말로 속삭이는 유천은 알다가도 모를 표정을 지으면서도 마음속으로는 잘하면 될 것 같은 느낌이 들었다. 유천은 환한 얼굴로 천천히 기자들의 얼굴을 바라봤다.

"어서 오세요. 자, 자, 일단 여기에 앉으시죠."

급한 기자들의 입에서 바로 말들이 쏟아졌다.

"지금 SNS상에서 폭발적인 지지를 받고 계신데요. 이거 혹 후보자님이 관여하고 계신가요? 아님 지지자들의 독자적인 행동인가요? 그리고 지지자들 대부분이 젊은 세대인데, 어떻게 생각하시는지요? 또 북한에 석유 매장량이 세계 3위, 희소성 광물류 매장량 1위라는 말은 어떤 근거로 하신 말씀인지? 또한 자율 납부 고지서에 대해서 국민들의 반발은 어떻게 대처하실 건지……."

"자, 자, 차근차근 말합시다. 너무 급하게 하지 말고, 물어보신 첫 번째 SNS상의 지지도는 절대 제가 관여하는 게 아닙니다. 아마도 저를 지지하는 많은 대학생들의 자발적 행위로 알고 있습니다만."

"이때까지 우리나라가 어려운 상황에 직면했을 때도 모른 척만하던 학생들이 이제야 후보자님을 지지하면서 대외적인 활동을 벌인다는 것에는 저로선 동감할 수가 없습니다만……."

"그건 저도 알 수가 없죠. 다만 제 공약 사항이 그들을 움직인 거 같습니다."

"참, 공약 말씀을 하셨으니 한 가지 더 여쭤보겠습니다. 국회 의원의 나이를 제한하시겠다는 것, 현 국회 의원들의 상당한 빈축을 사고 있는데요. 왜 그런 생각을 하신 건가요?"

"……기자님들 앞에서 이런 말을 해도 되는지 모르겠지만, 지금 이 나라는 기성세대가 권력을 움켜쥐고 놓으려고 하지 않음으로써 문제가 발생하면 해결을 하려하지 않고 말로만 때우고 있지 않습니까? 현실을 알지 못하고 앉아서 말로만 하는 정치…… 이것을 타파하기 위해서는 기성세대의 교체가 불가피하다고 봅니다. 하지만 그들이 순순히 물러나 주지는 않을 겁니다. 그러다 나이가 들면서 행동의 추진력이 떨어지겠지요. 그렇게 되면서 지금의 정부는 온몸에 치료할 수 없는 깊은 병이 들었다고 생각합니다.

전 다만 바른 정부를 이끌어 나가기 위해 추진력 좋은 젊은 세대들이 이 정부를 이끌어가야 한다고 믿고 있습니다. 일종의 정권 교체죠. 그렇게 보시면 됩니다."

"하지만 젊은 세대로의 정권 교체는 추진력은 좋지만 경험면에서 좀 부족할 것 같은데요, 괜찮을까요?"

"모르시는 말씀입니다. 꼭 직접적인 경험만 경험이라고 할 수는 없죠. 요즘 세대들은 알다시피 엄청난 간접 경험을 하고 있습니다. 특히 넷상에서요. 세계 각국의 경제와 정치 등을 넷상에서 보면서 간접적으로 배워 나가죠. 전 믿고 있습니다. 잘해 나갈 것입니다."

"정말 그렇게 된다면야 좋겠습니다만……."

또 다른 기자가 연이어 질문을 이어갔다.

"북한의 석유 매장량 세계 3위, 희토류 매장량 세계 1위라는 말은 어디서 나온 겁니까? 그게 사실인가요?"

"음, 그건 제 친구인 경대가 말씀드릴 겁니다."

은근슬쩍 그 분야에서 전문가인 경대에게 떠넘겼다.

"음, 어디서부터 얘기할까요? 제가 학창 시절, 한 20년 전쯤 일 겁니다. 그땐 아직 중국이 개발을 시작할 단계였지요. 운이 좋게 제가 건설 자문으로 교수님과 함께 베이징으로 간 적이 있었는데요. 거기서 우연찮게 보게 되었습니다. 북한에서 중국으로 요청한 문서를……. 그게 뭐냐면 서한만 분지 주변에 매장된 석유 시추에 도움을 달라는 내용이었습니다. 전 그것을 보자마자 '또 북한에서 헛소리하는구나.'라고 생각했죠. 그런데 십여 년 전 중국에서 서한만과 연결된 중국 보하이만의 유전 매장량을 확인했죠. 약 600억 배럴입니다. 전 그때서야 '아, 거짓말이 아니구나.'라고 생각했습니다. 아마 추정치로 현재 1,000억 배럴 이상이 매장되어 있다고 보아도 무방할 겁니다."

"그럼 왜 지금까지 독자적으로 북한이 시추를 하고 있지 않죠? 그것만으로도 북한은 아주 부유한 나라로 급성장할 텐데요."

"그 문제는 좀 복잡합니다. 북한이 하고 싶어도 못 하는 것이죠. 석유라는 것이 그저 땅에 묻혀 있는 것을 파내기만 한다고 바로 사용할 수 있는 것이 아니라 정제 과정을 거쳐야 하죠. 휘발유도 뽑아내고 경유도 뽑아내고 아스팔트도 뽑아내는 등의 시설을 갖춰야 하는데 이러한 시설을 만드는 것만으로도 엄청난 비용이 들어갑니다. 그리고 북한이 석유를 시추해서 해외에 판매하고 싶어도 미국의 경제 봉쇄 조치로 인해 수출을 할 수가 없는 그런 상황이지요. 또한 북한과 좀 친하다고 할 수 있는 중국이나 러시아 입장에서도 북한이 경제적인 독립을 이룬다면 더 이상 자신들의 영향력을 행사하기가 어려워집니다. 북한이 싼 값으로 석유를 내다 팔게 되면 석유를 직접 생산하는 산유국들 입장에서도 좋은 일이 아니지요. 이런 여러 가지 이유로 인해서 실제로 북한에 엄청난 석유가 있다 해도 시추할 수가 없는 것이지요."

"……."

모여 있던 기자들은 뭔가 설득력이 있는 경대의 말을 듣고 다들 큰 충격에 휩싸인 듯, 멍한 표정으로 서로를 쳐다보고 있었다.

"더 이상 질문 없으시면 이만 끝내겠습니다."

"아, 잠시만요……."

그 와중에 정신을 차린 듯한 한 기자의 질문이 이어졌다.

"그럼 희토류 매장량이란?"

"음…… 일단 희토류에 대해서 설명을 드리겠습니다. 다들 생소하실 테니, 희토류는 란타늄, 스칸듐, 이트륨, 세륨 등 17종의 원소를 말합니다. 그 중 방사성 원소인 프로메튬을 빼면 지구상에 널리 퍼져 있는 성분이지만, 채굴 가능한 광물 형태인 경우가 드물어 '희토류(Rare Earth Element)'라는 이름이 붙여졌지요. 현재 스마트폰과 수소 전지, 고화질 TV를 비롯해 광학·정보 통신·항공 우주 산업 등에서 갈수록 쓰임새가 늘고 있습니다. 다들 아시겠지만, 현재 생산량 1위인 국가는 중국이죠. 그리고『미국의 소리(VOA)』에서 국제 사모펀드 SRE 미네랄스가 평안북도 정주(定州)에서 희토류를 개발하기 위해 북한 조선천연자원무역회사와 합작 투자 계약을 체결했다고 보도하기도 했습니다. 이에 따르면, 영국령 버진아일랜드 소재 합작 회사 퍼시픽센추리는 향후 25년간 정주의 모든 희토류 개발권을 갖게 되는 것입니다. 또한 SRE 미네랄스는 정주에 매장된 희토류의 가치를 약 65조 달러, 한화로 무려 6경 8,700조 원대로 추산하고 있지요. SRE 미네랄스는 북한 정주가 단일 지역으로는 세계 최대 희토류 매장 지역일 가능성이 있는 것으로 전망했습니다. 또한 2013년 빌 리처드슨 전 뉴멕시코 주지사와 에릭 슈미트 구글 회장 일행이 3박 4일간 북한을 방문했지요. 표면적인 이유는 북한에 억류 중인 케네스 배(한국명 배준호) 석방 교섭이라는 인도주의적 목적이었지만, 에릭 슈미트 구글 회장이 인터넷 불모지인 북한을 방문한 것을 두고는 북한과 자원 개발 문제를 협의하려는 것이었으며, 그 대상은 북한의 희토류라는 것이었다는 분석도 나오고 있습니다. 또한 일본의 경우 조총련 기관지 『조선신보』에 지난 2011년, 북한에서 확인된 희토류 매장량이 약 2천만 톤에 달한다고 보도한 바도 있습니다. 그러나 현재 북한의 희토류 가공 기술 수준은 매우 낮은 것으로 알려져 있어, 남북통일 후 희토류 개발에 본격적으로 나설 경우 우리나라 경제에 엄청난 효과를 가져 올 것으로 전망됩니다. 만약 남북통일이 된다면요. 아니, 반드시 남북통일이 되어야죠. 앞으로 우리가 살아남을 길이 바로 앞에 있는데, 앞 정부들은 통일에 대한 노력은 하지 않고 '종북 세력이다.', '빨갱이다.' 등 더욱더 우리나라를 분리시켜 놨지요. 아마도 미국, 중국, 일본의 세력이 우리나라 정부 밑바닥에 뿌리 깊게 박혀 있는지도 모르겠습니다. 더 이상은 제가 할 말이 아닌 듯해서 이만 질문이 없으시면……."

"……."

아무 말이 없는 기자들의 얼굴에서 '어쩌면 될지도 모른다. 아니, 되어야 한다.'라는 자그마한 확신과 희망의 미소가 자기도 모르는 사이 묻어 나왔다. 경대의 말을 들은 기자들은 더 이상 묻지도 않고 다들 누가 먼저랄 것도 없이 재빠르게 유천의 사무실을 빠져나왔고, 그날 저녁은 온통 이 이야기들로 모든 언론사들이 떠들썩했다.

다음 날 이 소식을 전해 듣고 온 나라가 미친 듯이 요동쳤고,
정유천 후보의 지지율은 하늘로 치솟았다.

CHAPTER

2.

조우

그로부터 며칠 후 걸려 온 전화 한 통.

"정유천 후보님? 저예요. 잘 지내시고 계시죠?"

유천은 수화기 너머로 들려오는 앳된 여성의 목소리, 어찌 그 목소리를 잊을 수 있으랴?

"잘 지내셨지요? 그동안 도와주셔서 고맙습니다. 저 때문에 학업에 지장이 있었는지도 모르겠네요."

"뭘요, 전 단지 앞으로 이 나라를 짊어지고 나갈 한 사람으로서 후보님을 따르는 것뿐이에요. 저번에 기자들에게 하신 말씀을 듣고 저 역시도 긴가민가 의심도 갔지만 얘기가 너무 현실적이라 거짓말이라고 해도 믿고 싶어졌어요. 그 후로 후보님의 지지율이 한층 높아졌는데, 대대적으로 선거 운동에 동참하시는 게 어떠신지 해서 이렇게 전화를 드렸어요"

"저야 물론 하고는 싶죠. 하지만 여건이……."

"그 여건이라 하시면?"

"자금 문제도 있고, 인원 문제도 있고……."

"인원 문제라면 신경 안 쓰셔도 돼요. 사람이 부족하시면 우리들을 이용하시면 돼요. 지역별로 꽤 많이 모였어요. 서울에만 해도 10만, 부산 5만, 대구 3만, 광주, 대전 등 전국 각지에서 언제든지 부르면 달려올 학생들이 있어요. 거기서 제가 총괄 지휘자 역할을 맡았어요."

자랑스러운 듯 말하는 그녀의 말에 힘이 실려 있었다. 그녀의 말을 듣는 순간 유천은 자리에서 벌떡 일어나 그 말이 사실인지 묻고 또 물었다.

"전화상으로 말하기는 힘드니까, 한번 만나죠? 언제쯤이 좋을지? 아…… 참, 아직 학생 이름도 모르고 있네. 학생 이름이?"

"제가 말씀 안 드렸나 보네요. 제 이름은 유진, 이유진이에요."

그녀의 이름을 듣는 순간, 자신의 첫사랑 이름과 같아 유천은 기분이 묘했다.

"이름 예쁘죠? 저희 엄마가 지어 주신 이름이에요. 지금은 안 계시지만……. 참, 그리고 평일에 서울로 올라가기가 힘드니 이번 주 주말에 제가 올라갈게요."

"아니, 그러지 말고 제가 내려가죠. 내일은 어때요? 괜찮다면 빨리 만나보고 싶은데."

"그럼 그러세요. 내일 부산의 송상현 광장으로 찾아오세요. 아마 절 빨리 찾을 수 있을 거예요."

"네, 그럼 내일 봐요."

그렇게 전화를 마친 유천은 경대와 오동, 찬식이와 함께 서둘러 사무실을 나왔다.

드디어 내일 정유천 후보님의 부산 방문 일정이 잡혔습니다. 내일 오후 2시 송상현 광장에서 정유천 후보님을 지지하러 다들 모이세요.

유진은 내일 만날 유천을 기대하며 공지를 띄웠고, 순식간에 엄청난 댓글과 함께 참석을 확인하는 글들이 줄을 이었다.

다음 날 송상현 광장에는 수천 명의 학생을 비롯한 사람들이 한 여자의 말에 따라 일사불란하게 움직이고 있었다.

키는 일반 여성들보다 좀 큰 170센티미터 정도 되어 보였으며, 제법 쌀쌀한 날씨임에도 불구하고 외투를 거치지 않고 아래위로 검은색 후드 티와 바지를 입고 있었다. 얼굴은 미인형인 계란형이지만 여성이라고 하기에는 좀 짧은 단발머리에다 미간을 타고 올라간 얇고 길게 늘어선 눈썹 모양이 강인하고 날카로워 보였다. 다른 한편으로는 콧등이 고르고 길어 보수적이며 자존심이 강해 보이는 듯 보였지만, 입꼬리가 'U'자 모양으로 올라간 부드러운 입술은 어떻게 보면 연약하고 부드럽게도 보이는 그녀의 얼굴이었다.

수많은 인파의 소리를 꿰뚫고 열창하는 그녀의 얼굴에 어느 듯 송골송골 땀방울이 맺히기 시작했다.

"자! 이제는 우리가 일어서야 할 때입니다. 더 이상 망설이지 맙시다. 정유천 후보님을 도와 이 나라를 바로 세웁시다."

그녀의 말에 따라 사람들은 일제히 '유천, 유천'이라고 하며 열광을 했다. 그 열광하는 목소리에 지나가던 사람들 또한 한 사람 두 사람 모이기 시작했고, 어느덧 송상현 광장은 사람들로 꽉 들어찼다.

"후보님은 앞으로 우리가 나아가야 할 길을 보여 줬습니다. 어렴풋이나마 다들 마음속으로는 생각했지만 쉬쉬하던 통일, 그것을 입 밖으로 꺼내든 장본인입니다. 소견이 짧은 저의 식견으로도 우리는 통일을 지향해야 된다고 생각합니다. 앞 정부들의 다양한 경기 부양책, 규제 완화, 죽은 나무에 물 뿌린다고 나무가 살아납니까? 오히려 부패 속도만 빨라질 뿐입니다. 전 썩은 나무는 뽑아내고 새로운 나무를 심어야 할 때라고 생각합니다."

그녀의 말에 일제히 열광하던 사람들이 유천의 이름을 외치기 시작했고, 송상현 광장에서 시작된 유천의 이름이 저 멀리 부산 시청까지 들리는 듯했다. 가만히 광장에 도착한 유천 일행은 어린 나이에도 불구하고 말 한마디로 사람들을 휘어잡는 그녀의 말솜씨에 서로 얼굴을 마주보며 감탄했다.

"천아! 너보다도 말 잘하는데. 하하하."

"그러게? 우리 참모로 삼아도 되겠는걸."

놀리듯 말하는 경대의 말에 유천 또한 그녀를 정말로 곁에 두고 싶은 심정이었다. 그렇게 유천 일행은 가만히 그녀가 하는 행동들을 지켜보기로 했다.

한참을 지켜보던 유천 일행, 그 와중에 그를 알아본 학생이 큰 소리로 외쳤다.

"정유천! 정유천이다."

유천은 그녀의 연설을 좀 더 듣고 싶었지만, 어쩔 수 없이 앞으로 나서게 되었다.

"안녕하십니까? 처음으로 이렇게 여러분 앞에 서게 되었네요. 원래 제가 말주변이 없어서 많은 사람 앞에서 말을 하는 게 쉽지가 않네요. 우선 저를 위해 이렇게 모여 주신 분들께 감사의 인사를 드립니다. 그리고 오늘 이렇게 도와주신 유진 양에게도 감사를 드립니다. 사실 전 아무것도 가진 것이 없습니다. 제 친구들을 제외하고는요. 전 제 친구들을 믿습니다. 우리나라를 바른 방향으로 이끌어 줄 최고의 조언자들입니다. 소개하겠습니다. 제 오른쪽으로 현 카이스트 건설 및 환경과 교수인 조경대 교수님입니다. 바쁜 와중에 바보 같은 친구를 위하여 이렇게 애쓰고 있습니다. 향후 건설 및 환경 분야의 일인자로 자리매김할 정도로 이 분야에선 알아주는 친구입니다. 그리고 그 옆으로 현 카이스트 전기·전자공학과 교수인 박찬식 교수님입니다. 앞으로 우리나라의 미래 산업 개발을 위하여 애를 쓰시고 계십니다. 지금 한참 무동력 개발 장치 연구를 하는 와중에 저를 도와주러 왔습니다."

찬식의 연구 내용에 대해 좀 자세히 말하고 싶었던 유천은 찬식을 바라봤다.

"찬식아. 얘기해도 되나? 지금 개발 중인 무동력 개발 장치……."

순간 표정이 굳어버린 찬식의 얼굴이 그 답변을 대신했다.

"아, 안 되겠네요. 워낙 기밀 사항이라……. 하지만 이 말 한마디는 하겠습니다. 만약 성공만 한다면 우리나라가 전 세계를 지배하게 될지도 모르는 엄청난 연구를 지금 하고 계십니다. 그리고 제 왼쪽으로는 존스홉킨스대학의 경제학 박사인 신오동 박사님입니다. 다들 안면이 있으실 거라 생각합니다. TV에서 우리나라 경제 문제에 대해서 토론, 토의가 있을 때마다 나오시는 분이죠. 아마 이렇게 말하면 다들 '아, 그 사람!' 할 겁니다. 언제였지요? 생방송 난상 토론이었던 걸로 기억하는데요. 그때 생방송 중에 분에 못 이겨 욕지거리를 하다가 쫓겨난 적이 있었지요. 그때 정말 속이 시원했는데 말이죠. 하하하."

이렇게 친구들의 소개를 마친 유천은 이어 자신의 공약사항에 대해 말을 이어갔다.

"제 소개는 마땅히 할 게 없어서 생략하겠습니다. 다만 저는 이 자리에서 한 가지만 말씀드리겠습니다. 앞선 수십 년 동안 여러 대통령 및 후보들은 실행 가능 여부를 떠나 표를 의식한 나머지 중구난방으로 수많은 공약들을 내놓았습니다. 물론 지금도 그렇지요. 전 여러 말 하지 않겠습니다. 할 수 있는 일만 하겠습니다."

잠시 숨을 고른 유천이 크게 외쳤다.

"첫째, 국회 의원의 나이 제한입니다. 다들 아시다시피 국회 의원 평균 연령이 60세 이상입니다. 물론 나이가 많다고 나쁜 것은 아닙니다. 그만큼 경험도 많겠죠. 하지만 나이가 들수록 변화에 익숙하지가 못해서 옛 방식 그대로를 지향하게 됩니다. 그러면서 지금 우리나라가 이 지경에 머물게 된 것이죠. 빠르게 변화하는 이 시대를 정치가 못 따라가는 실정임에는 틀림없습니다. 국민은 생각하지 않고 오로지 권력에 맛 들여 헤어 나오지 못하는 것이지요. 여태껏 이런 모습들을 보면서도 예전엔 저 역시도 무관심했었습니다. 먹고 살기에 급급해서 신경을 쓸 겨를이 없었죠. 아마 여러분들도 마찬가지일 겁니다. 저는 그런 무관심이 이 나라를 더욱 악화시켰다고 생각합니다. 옛날 IMF때 우리는 어찌하였습니까? 다들 나라를 살리기 위해 집에 단단히 모셔 놨던 금을 팔지 않았던가요? 지금은 어떤가요? 금 파실 마음이 있으신가요? 저도 없습니다. 물론 가진 금덩어리도 없지만요."

유천의 말을 들은 송상현 광장에 모인 대다수의 시민들의 고개가 끄덕였고 어디선지 모르게 외침 소리가 울려 퍼졌다.

"옳소! 바꿉시다!"

"그래, 한번 바꿔보자. 이제는 더 이상 못 살겠다."

여기저기서 흘러나오는 외침 소리에 용기를 얻은 유천의 목소리는 한층 힘이 들어갔다.

"그리고 감히 전 여러분들께 한 가지 부탁을 드리고 싶습니다.

다들 힘드시겠지만 SNS를 통해서 말한 자율 납부에 관한 이야기를 드리려 합니다. 지금 이 나라의 빚은 누가 잘 해서 해결할 수 있는 정도가 아닙니다. 다시 한번 말씀드리지만 저번 IMF를 생각해서 한 번만 더 도와주십시오. 첫 단추를 잘 끼워야 옷을 제대로 입을 수 있듯이 제가 생각하는 첫 단추는 다름 아닌 여러분들의 도움입니다. 그리고……."

말을 이어 나가려는 순간 송상현 광장 주위를 둘러싸는 사이렌 소리 그리고 경찰차, 경찰들, 웅성거리는 사람들의 당황하는 소리를 누르고 확성기 소리가 들려왔다.

"아, 아, 본 집회는 허가 받지 않은 집회로써, 당장 해산하시기 바랍니다."

잘 훈련된 경찰들이 일사불란한 행동으로 주위를 쭉 늘어섰다. 마치 그 옛날 데모 현장에서나 볼 법한 그런 모습이었다.

"후보님? 어쩌죠?"

당황한 유진의 말에 미안함이 깃들어 있었다.

"어쩔 수 없죠. 이만 물러나야죠. 우리는 항상 약자니까요."

애써 웃음 지으며 마지막으로 유천은 대중들을 바라보며 말했다.

"여러분 고맙습니다. 하고 싶은 말은 많지만 더 이상 할 수가 없겠네요. 여러분들도 이만 해산하시기 바랍니다. 다음에 허가 받고 다시 만나기를 기대하겠습니다. 조심히 들어가십시오."

손을 흔들며 마지막 한 사람까지 흩어지는 것을 보고 나서야 유천은 그 자리를 벗어났다. 유천의 옆에 붙어 있던 유진은 같이 있던 잠시 동안의 시간이었지만 유천을 이대로 보낼 수가 없었다. 한참을 생각에 빠져 있던 유진이 입을 열었다.

"후보님?"

"네. 그냥 편하게 하세요. 아저씨라고 불러요."

"네? 그래도 아저씨는 좀 아닌 거 같은데요?"

"전 좋은데, 편하잖아요. 동네 아저씨 느낌 안 좋아요?"

"그럼 아저씨, 저녁도 다 되어 가는데 제가 호프집에서 알바하거든요. 거기서 간단하게 한잔하고 가요."

"그래도 되나?"

유천은 경대, 오동, 찬식의 얼굴을 쳐다보았다.

"뭐…… 어차피 오늘 할 일도 없잖아. 내려온 김에 시원하게 맥주나 한잔하자고."

술 좋아하는 경대가 입맛을 다시며 말했다.

"그럴까? 그럼, 좋아요. 유진 양 같이 가요."

유천 일행은 유진을 따라 나섰고, 유진은 유천 일행을 이끌면서 유천 일행이 모르게 SNS에 글을 올리기 시작했다.

번개 알림. 유천 후보님과의 만남. 장소는 서면 '딱한잔만'. 지금 바로 오세요. 회비 있음 '1만 원'. 후보님을 지지하시는 분들 모이세요.

그러고는 호프집 사장님께 카톡을 보냈다. 호프집 사장님도 유천을 지지하기에 가능한 일이었다. 유천 일행이 도착하기도 전에 이미 많은 사람들이 호프집에 들어서 차 있었다.

"유진 양, 여기 엄청 장사 잘 되네요. 제가 괜히 민폐 끼치는 건 아닌지?"

"아니에요. 여기 있는 사람들 다 아저씨 보러 온 걸요. 제가 여기 오면서 SNS에 번개 올렸거든요. 제 생각보다는 사람들이 좀 적네요."

"네? 그 짧은 시간에 이 많은 사람이 모였다고? 여기 걸어오는 데 한 20분 정도 걸린 거 같은데……."

"아마 아까 광장에 있던 사람들이 대부분일 거예요. 갑자기 해산되는 바람에 사람들은 아마 서면, 양정으로 흩어져 한잔씩 하고 있었을 걸요. 아저씨 생각에 서로 얘기도 나누면서 여운을 즐기고 있었을 거예요. 전 다만 그 사람들이 모일 동기만 부여한 것뿐이죠."

자연스럽게 흘러나오는 그녀의 말 또한 그럴 듯했다. 많은 사람들이 강제로 해산되면 어디로 갈 것이냐? 아마 인근 술집밖에 없었을 것이다.

유천은 유진의 알 수 없는 매력에 푹 빠져들었다. 호프집 사장을 본 유천은 또 한 번 놀라움을 금치 못했다. 호리호리한 체격에 키는 170센티미터, 나이는 30대 후반 정도로, 얼마나 오랫동안 입었는지도 모를 낡은 운동복 차림에 윤기 없이 퍼석해 보이는 거친 피부의 얼굴이었다. 검은색 뿔테 안경 속으로 날카로워 보이면서도 순해 보이는 듯한 이중적인 눈매를 가지고 있었다. 낡은 운동복 사이로 비치는 왜소한 몸에 비해 걷어 올린 팔뚝에는 꽤 많은 상처 자국이 있었다. 그와 함께 작은 언덕과 실개천처럼 거칠게 이어져 있는 근육과 힘줄이 수많은 역경을 헤쳐 나온 그의 인생을 대변해 주는 듯했다.

"안녕하십니까? 전 호프집 사장이자 부산 지역 행동 대장인 정재호라고 합니다. 누추한 곳까지 이렇게 오시다니 몸둘 바를 모르겠습니다."

"아닙니다. 이렇게 초대해 주셔서 제가 감사하지요. 그리고 보니 같은 정씨네요. 혹 어디 정씨이신지? 전 영일 정씨 입니다만."

"아, 아쉽네요. 저는 동래 정씨입니다. 잘했으면 같은 집안 사람일 뻔했습니다. 하하하."

간단한 인사 후 사장은 이미 자리를 차고 있는 사람들을 둘러보며 '유천 출두요!'라고 하며, 조선시대 암행어사 출두와 같은 어감으로 큰 소리를 치며, 그를 중앙의 자리로 안내했다. 그러곤 사장은 마치 암행어사를 모시는 듯 이미 자리에 앉아 있던 사람들의 자리를 유천을 중심으로 정리에 들어갔다. 유천은 자기를 중심으로 형성된 원탁에 왠지 모를 압박감이 밀려왔다.

"유진 양, 이 사람들 정말 날 지지하는 사람들 맞아?"

밀려오는 압박감을 이기지 못하고 유천은 유진에게 물었다.

"네. 아마도요. 호호호."

유진의 농담에도 불구하고 유천은 맘이 편치 않았다. 어느새 원탁을 중심으로 사람들이 전부 착석을 하고 맥주잔에 하나둘씩 술이 채워졌다.

"자, 축배를 듭시다. 이 나라를 위해, 그리고 유천을 위하여!"

유진의 우렁찬 목소리에 유천은 또 한번 깜짝 놀랐다. 앳된 목소리에서 그렇게나 우렁찬 소리가 나올 줄은 생각지도 못했다. 그렇게 다들 축배를 들이키고 난 다음 들어오면서부터 유천의 상기된 표정이 신경 쓰였던 유진은 말했다.

"오늘은 그냥 이렇게 편하게 술이나 먹자고요. 호호호."

그 말에 유천은 비로소 안심이 되었고, 주위 사람들과의 편안한 술자리를 이어갔다. 어느 정도 술잔이 돌아가자 다들 취기에 빠져 여기저기서 웃음소리가 끊이지 않았고 유천도 마찬가지였다. 유천은 오늘 유진의 모든 행동을 지켜보면서 유진의 매력에 푹 빠져 있었고 술의 힘을 빌려 유진에게 어려운 부탁을 했다.

"유진 양, 선거 끝날 때까지 좀 도와줄 수 있어? 유진 양은 우리랑 반대로 이상하게 사람들을 끌어들이는 매력이 있는 것 같아. 유진 양은 우리가 없는 그 뭔가를 가지고 있는 것 같아."

한참을 생각하는 유진을 지켜보던 사장은 유진의 어깨를 툭 치며 말했다.

"혹시 아르바이트 때문이라면 신경 쓰지 말고."

"그게 아니고 염려스러운 건 부산 지역 총 인솔자가 전데, 제가 여기서 빠져 버리면, 부산이……"

"걱정 붙들어 매셔, 내가 있잖아. 내가 여기를 책임지지. 그리고 여기를 아지트로 삼고 여기서 모임도 하고 부산 내려올 때 후보님이랑 와서 한잔씩 하고 가."

"그래 주시면 감사하지만……."

"자, 자, 그럼 유진 양이 합류하는 걸로 하고 다들 축배를 듭시다."

얼음처럼 차가운 맥주를 단숨에 들이킨 사장은 모여 있던 사람들에게 이제 유진 양은 서울로 올라가 유천 일행을 본격적으로 돕게 됐으며, 자기가 이제 부산 지역 총 지휘자가 됐으니, 잘 부탁한다는 말과 함께 오늘은 마음대로 드시라며 골든벨을 울렸다.

그렇게 처음 모인 자리에서 그들은 앞날의 기대에 부푼 희망의 잔을 기울였다.

CHAPTER
3.

유진

이유진. 그녀가 유천을 지지하는 이유는 따로 있었다. 그녀가 본 유천은 지금 당면한 이 나라의 상황을 정확히 판단하고 그에 대한 공약이 거짓이 없어 보였기 때문이었다. 통일은 두말할 필요 없이 우리가 앞으로 이뤄 가야 할 일이며, 지금 이 나라의 상황으로 미뤄 볼 때 자력으로 다시 일어서는 것은 좀 힘들다는 사실을 대다수의 국민들은 무의식 중에 알고 있었다. 다만 통일에 대한 두려움이 대부분의 사람들 마음속에 잠재되어 있어 누구 하나라도 통일이 잘 되리라 생각하지 못하고 있었다. 하지만 유천의 말로 인해 북한의 자원, 그리고 개발 등을 통해 다 같이 잘 살 수 있다는 확신이 들었다.

한 가지 더 유천을 확실하게 믿을 수 있었던 건 다름 아닌 국민들의 자발적인 모금을 하겠다는 말에 유천이라는 사람이 '권력을 탐하는 사람이 아닌 진짜 이 나라를 걱정하고 있는 사람이구나.'라고 깊게 감명을 받았기 때문이었다.

어느 정도 술잔을 기울이고 깊은 밤이 무르익어 가면서 호프집 사장이 자랑스러운 듯 말했다.

"유천 후보님 정말 사람 잘 보셨습니다. 유진 양, 보시는 것과 달리 정말 대단한 여자예요. 일도 딱 부러지게 잘하고, 성격이 좀 직설적이기는 한데, 말하는 거 보면 틀린 말 없이 조목조목 맞는 말만 골라 해서 내가 좀 곤란하기도 했지만……. 하하하."

"사장님 칭찬이에요? 험담이에요? 후보님 앞에서……."

"아! 물론 유진 양 도움 되라고 하는 말이지. 알잖아, 내가 말을 잘 못 해. 하하하."

"이미 알고 있습니다. 아까 사람들 앞에서 말하는 거 보고 있자니 제가 말하는 것보다 더 설득력이 있더라고요. 그러니 사람들이 이렇게 따라 주는가 봅니다."

유천은 정말로 유진 양의 합류가 천군만마를 얻은 것 같은 느낌이었다. 마치 유비가 제갈공명을 얻은 것처럼. 흐뭇한 미소를 띠우고 있는 유천을 향해 호프집 사장이 취기에 유진의 옛 이야기를 들추어냈다.

"아, 참! 후보님은 혹 그 사건 아십니까? 2년 전 사건이요?"

"네? 무슨 사건 말씀이신지?"

"2년 전 국회 의원 선거 사건이요. 그때도 유진이가 큰 건 했지요. 하하하."

2년 전, 유진은 대학에 들어온지 1년이 지나 갓 새내기 티를 벗어내고 있었다. 그 해는 4년에 한번 국회 의원 선거가 있는 해

였고, 매번 똑같은 모습이 반복되었다.

각 후보들은 선거 유세에 한창이었다. 여기저기서 선거 차량이 지나가며 시끄럽게 떠들어 대고, 자기가 마냥 최고인 듯 상대 후보들을 헐뜯으며 싸우고 있었다.

"요즘 취업이 무척 힘드시죠? 여러모로 지금 어려운 시기를 맞이하고 있습니다. 여러분 제가 만약 당선된다면 일자리를 1만 개 늘리겠습니다. 그리고 노인 기초 연금도 70세 이상 모든 분들께 드리겠습니다."

대부분 후보자들의 전략은 비슷했다. 시기가 워낙 어려워 젊은 층도 확보하고, 중장년 층도 확보하기 위해 딱히 내놓을 전략이 없었다. 그 외 전략이라면 상대편 후보자를 헐뜯는 것밖에 없었다.

"국민 여러분, 이대한 후보가 정말로 의원의 자격이 있는지 아셔야 됩니다. 지금부터 제가 말하는 것은 허위가 아닌 팩트임을 알려드립니다. 여러분 이대한 후보의 나이를 아십니까? 아실 겁니다. 무려 70세에 가까운 나이입니다. 요 며칠 이대한 후보가 보이지 않은 이유 알고 계십니까? 어떤 사람은 전략 회의로 잠시 비웠다는 말이 있는데, 제가 알아본 사실은 그동안 병원에 누워 있었다고 합니다. 아프고 늙은 몸으로 무슨 욕심이 있어서 의원이 되려고 할까요? 이 나라를 위해서? 아닙니다. 다들 아파 보신 분들은 아시겠지만 아프면 아무것도 할 수 없습니다. 이대한 후보는 다만 권력에 집착하는 것뿐입니다. 좀 더 지나면 이제 치매

증상도 나올 수가 있을 텐데 치매 걸린 사람에게 이 나라를 맡기시겠습니까? 여러분! 자, 여기 저의 건강 검진 진단서입니다. 저는 나이도 아직 50대로 젊고 건강합니다. 여러분 이제 젊은 국회를 열어 가야 할 시기입니다. 여러분! 절 선택해 주십시오. 저는……"

그 순간 지나가던 이대한 후보의 선거 차량이 급정거를 하며 맞받아쳤다.

"야! 신준태 이 새끼야! 무슨 근거도 없는 소리 지껄이는 거냐! 이 후보가 병원에 누워 있는 걸 봤어? 그럼 병문안이라도 와 봤어? 되지도 않는 거짓말을 하고 있어! 여러분 저 신 후보를 믿으시면 안 됩니다. 신 후보는 사기 전과가 있는 사람입니다. 알량한 세 치 혀로 여러 사람을 곤경에 처하게 한 사람입니다. 그의 거짓말에 현혹돼서는 안 됩니다. 여러분 이대한 후보를 믿으셔야 됩니다. 물론 나이가 많지만 그에 맞는 풍부한 경험이 있는 사람입니다. 사기꾼인 신준태를 믿으시면 안 됩니다."

그렇게 상대를 헐뜯는 시간이 꽤 흘러갔고, 여기저기서 비난의 목소리가 흘러나왔다.

"시끄러워 죽겠다. 그만 좀 씨부려라. 싸우려면 다른 데 가든지……"

동네 주민들이 나와 한마디씩 하며 지나갔다.

"어휴! 꼭 이때만 되면 이런다니까. 시끄러워 죽겠네. 선거 유세도 좋지만 좀 조용히 하면 안 되나? 에이씨!"

그제서야 서로 잡아먹을 듯한 눈으로 노려보면서 양측의 선거 차량이 이동하기 시작했다. 그 장소에 유진도 있었다. 그 모습들을 매번 지켜봐 왔던 유진은 생각했다. 매년 똑같이 국회 의원 선거철만 되면 의원 후보자들의 그 알량한 모습, 국민들에게 최대한 공손해 보이기 위해 애를 쓰고, 매번 되지도 않는 선거 공약, 그리고 지키지 못할 약속들을 남발하면서 국민들에게 약속하는 모습들. 과연 정말 권력이 아니라, 이 나라를 위해서 일할 사람이 있을까 하는 의문이 들었다. 매번 의원 후보로 나오는 사람들을 지켜보면 꼭 국민, 아니 나라를 위해서 나오는 사람이 아니라 자기 당의 이익 추구를 위해 자격 여건을 보지도 않고 좀 알려진 사람들을 공천하고, 그 사람을 당에서 밀어주고, 또 뽑히고 나면 그 사람도 마찬가지로 당과 자신의 권력 유지를 위해 일하는 그런 무리들을 그동안 지켜보면서 한심한 생각마저 들었다.

물론 정말 이 나라를 위하는 의원들도 있을 것이라 생각했지만, 여태껏 지켜본 바 국회 의원이라 함은 패기 있는 젊은 의원이라 할지라도 시간이 지나면 똑같아졌다. 결국은 기존 권력에 저항하다 사라질지, 아니면 비굴하게 살아남을지 정하는 결코 좋은 것만은 아니었다.

현대판 당파 싸움을 보면서 유진은 깊은 한숨을 내쉬었다.

"아! 올해는 누구를 뽑아야 하나? 정말 찍어 줄 사람이 하나도 없네!"

깊은 회의에 빠진 유진은 친구들과 만날때도 이번 선거에 대해 이런저런 얘기를 많이 했다.

"야! 너 이번에 누구 찍을 건데? 찍을 사람 있나?"

"마땅히 찍어 줄 사람은 없는데. 너도 알잖아, 지금까지 여당에서 한 일이 없으니 이번에는 야당으로 밀어 찍으려고 하던데……. 인물이 없네, 인물이. 그래서 어쩔까 고민 중이야. 정 찍을 사람 없으면 포기하려고."

"맞제! 나도 고민 중인데, 정말 찍어줄 사람이 없다. 어쩌지?"

"안 되면 니도 그냥 포기하고 놀러나 가라. 같이 어디로 놀러 갈까?"

"음! 그건 좀 아닌 거 같기도 하고… 좀 더 지켜볼라고……."

유진 대부분의 친구들도 마찬가지였다. 그리고 유진은 어려운 시기에 학생 운동으로 주도하여 일어난 5·18 광주 민주화 운동을 생각하면서 학생들이 일어나야 할 이 어려운 시기에 지금의 학생들은 바로 앞에 직면한 취업, 생계 등을 해결하기 위해 자기 자신밖에 모르는 하루살이 인생을 살아가고 있다는 현실과 자기도 어쩔 수 없이 똑같이 그렇게 살아가고 있다는 사실을 생각했다. 깊은 회의감에 빠져드는 찰나, 유진의 머릿속에 문득 한 단어가 생각났다.

'투표 보이콧'

국민 밑에서 국민을 위해 일해야 할 존재가 지금은 국민들 위에서 발 뻗고 있는 국회 의원, 각 기초 자치 단체 의원들. 그들의 하나같이 똑같은 행동들.

선거 때는 국민들의 손과 발이 되어 열심히 하겠다던 수많은 약속들을 일삼지만, 약속은 당선 후 어디론가 사라지고 없고, 권력에만 집착하는 그들.

물론 그렇지 않은 극소수의 사람들도 있지만 대부분의 의원들이 여태껏 그러했다는 것을 보며, 이번 선거는 국민들이 그들을 어떻게 생각하는지, 그들이 앞으로 나아가야할 방향을 보여줄 그 무언가가 필요하다는 것을 유진은 느꼈다.

썩은 물에 아무리 깨끗한 물을 부어 넣는다고 해도 깨끗한 물이 되지도 못할 뿐더러 시간이 지날수록 그 물도 차츰 썩은 물로 변해가듯, 유진은 이번 기회에 '아예 썩은 물을 전부 빼내고 새로운 양동이에 깨끗한 물로 채워 변화를 시키는 것이 어떨까?' 라며 생각한 것이 투표 보이콧이었다. 이번 대국민 투표 보이콧으로 일종의 의원들에게 경각심을 일으킴과 동시에 차기 후보자들의 새로운 물갈이에 도움이 될 것이라고 생각하며 행동에 옮기기 시작했다. 우선 유진은 같은 생각을 가진 친구들에게 투표 보이콧 얘기를 하며 널리 알려 대국민 운동으로 나아갈 수 있게 전파를 부탁했다. 그리고 여러 사람들의 공감을 얻기 위해 SNS에 올려 널리 전파하기 시작했다.

하지만, 유진은 사실 이것이 이렇게까지 확산될 거라고는 생각지 못했다. 유진은 다만 의원들에게 경각심을 불러일으킬 정도는 되지 않을까 하고 시작했지만, 일이 너무 커져 버렸다.

"PBC 뉴스데스크입니다. 지금 선거철을 맞아 이상한 움직임이 보이고 있는데요. 20대에서부터 시작되어 40대까지 투표 보이콧 운동이 여기저기서 일어나고 있습니다. 부산에 나가 있는 이 기자를 불러 봅니다."

"SKBS 뉴스입니다. 요즘 젊은 세대들의 반응이 심상치 않은데요. 어디서부터 시작되었는지는 아직 밝혀지지는 않았지만 젊은 층들의 이번 선거에 대한 보이콧 운동이 전국 각지에서 일어나고 있습니다. 여의도 현장에 나가 있는 최 기자를 불러 봅니다. 앞으로 선거일까지 대규모 촛불 집회가 계속 열린다는데, 현장 상황은 어떻습니까?"

"LBS 뉴스 속보입니다. 지금 막 들어온 소식입니다. 지금 각지에서 일어나고 있는 보이콧 운동의 최초 발상지가 밝혀졌다고 합니다. 20대 초반의 여대생으로 SNS상에 최초로 투표 보이콧이라는 용어를 써 유력한 용의자로 지목되고 있습니다. 자, 그녀의 SNS를 살펴보겠습니다."

방송사들이 서로 앞다투어 이번 보이콧 집회에 대해 취재하기 시작했다. 각 뉴스 방송에 유진의 SNS 화면이 나옴에 따라 하루아침에 유명 인사가 된 유진은 뭔가 모를 불안감이 밀려옴을 느꼈다.

"PBC 뉴스데스크입니다. 이번에는 투표 보이콧 운동에 대해 선거법 위반이 아니냐는 말이 나오고 있습니다. 거기에 대해 여기 세 분 교수님을 모셔봤습니다. 얘기를 들어 보겠습니다.

안녕하십니까? 다들 알고 계시죠? 지금 가장 핫 이슈가 되고 있는 보이콧 운동 관련해서 여기저기서 선거법 위반이다, 아니다 찬반이 오고 가는데요. 어떻게 생각하십니까? 김 교수님!"

"참 애매한 상황이죠. 선거법을 살펴보면 딱히 투표를 보이콧한다 해서 선거법 위반으로는 보이지는 않거든요. 그런데 이게 상황이 묘해요. 만약 특정 후보를 지정해서 투표하지 맙시다! 이러면 선거법 위반이 되는 상황인데, 이번 건은 아예 투표 자체를 하지 말자는 건데……. 어떻게 보면 선거 자체를 방해하는 행위일 수도 있다는 거죠. 선거 관리 위원회에서도 딱히 이렇다, 저렇다 할 행위를 아직 하지 않는 걸 보면 거기도 지금 아마 머리 맞대고 의논 중일 겁니다."

"그렇군요. 정 교수님 생각은 어떠신지?"

"저는 아니라고 봅니다. 김 교수님이 말씀하셨듯이 특정 후보를 지정해서 비난하거나 투표하지 말자라고 했다면 선거법 위반이겠지요. 하지만 아시다시피 이번 건의 여론을 살펴보면 특정 후보가 아닌 정치판 교체가 목적이거든요. 국민들이 아예 정치판을 더 이상 못 믿겠다는 거예요. 그러면서 전부 투표 하지 말자는 건데…… 이것은 투표권을 가진 국민들의 권리죠. 권리 행사를 하는데 그것이 선거법 위반이라니 그건 말이 안 되는 얘깁니다."

"네! 김 교수님과 정 교수님의 얘기를 들어 보니 좀 복잡한 상황인 것은 확실한 듯합니다. 마지막으로 박 교수님 얘기를 들어 보겠습니다."

"네, 저는 전적으로 정 교수님이 하신 말에 동의하는 바입니다. 만약에 말이죠. 이것이 선거법 위반이라고 칩시다. 그럼 누굴 잡아갈 건가요? 주동자? 아님 투표하지 않은 국민들 전체? 처벌 대상도 명확하지 않죠. 이번 건은 선거 관리 위원회에서 잘 판단해서 처리해야 할 것 같습니다. 잘못하면 또 한 번 뒤집어질 우려가 농후하다고 봐야죠."

이 방송을 본 유진은 안도의 한숨을 쉬었다.

"아, 이렇게 될지는 몰랐는데. 휴, 다행이네. 앞으로 법 공부를 좀 해야겠는걸……."

이렇게 생각하고는 한동안은 여느 학생들과 같이 조용히 지내고 있었다.

그날도 저녁 늦게까지 도서관에서 공부하고 집으로 돌아와 샤워하러 가려는 찰나, 초인종이 울렸다.

"10시가 넘었는데……. 이 시간에 올 사람이 없는데. 누구세요?"

"이유진 씨죠? 부산지방경찰청입니다. 잠시 문 좀 열어 주세요."

순간 유진은 '아! 뭔가 잘못되었구나.'라고 생각했다. 도망갈 수 있는 상황도 아니고 샤워하려 옷을 벗은 상태라 유진은 옷을 추스러 입으며 고민에 빠졌다.

"잠시만요! 옷 좀 입어야 돼서 잠시만 기다려 주세요."

얼마나 지났을까? 집 안에서 반응이 없자 문 밖에 대기하던 경찰들이 문을 두드리고 빨리 문을 열라고 난리가 났다. 5분도 채 되지 않는 순간이었지만 유진에게는 그동안의 일들이 주마등처럼 흘러가며 등 뒤로 식은땀이 흘러내렸다.

어느 정도 생각이 정리된 유진은 문을 열었고 경찰들이 이내 들이 닥쳤다.

"아! 정말 옷 입는 시간이 얼마나 된다고, 이 늦은 시간에 이렇게 시끄럽게 하시면 어떡해요?"

문 앞에 있던 사람들은 유진이 생각하던 그런 수사관의 모습과는 딴판이었다. 보통 수사관의 모습이라 하면 짧은 스포츠 머리에 살기 어린 매서운 눈매에 떡 벌어진 어깨, 그리고 큰 몸집을 가진 얼핏 보면 조폭을 연상케 하는 불독 같은 사람이라 생각하겠지만, 유진의 앞에 선 수사관은 수사관이라고 하기 보다는 연예인이라고 해야 될 만큼 수려한 외모의 사람이었다.

웨이브를 준 긴 머리칼이 양쪽 귀를 덮고 있었으며 짙은 눈썹 밑에 서양인으로 착각할 만큼 검푸른 눈동자를 가지고 있었다. 체형은 왜소해 보이지만 타이트한 검은색 체크 무늬 정장 사이로 비치는 어깨부터 가슴, 허벅지까지 완벽한 바디 라인에 수려한 외모는 마치 충직하며 강인한 우리나라 토종개인 진돗개 같았다.

"그게 아니고…… 죄송합니다. 나올 때까지 기다리자고 했는데, 여기 같이 있는 경찰분들이……."

유진의 째려보는 시선에 움찔한 수사관이 변명하며 정중히 요청했다.

"이유진 씨 맞죠? 저는 부산지방경찰청의 김지헌 수사관입니다. 잠시 경찰서로 같이 가 주셔야겠습니다."

"무슨 일로요? 저 잘못한 거 없는데…"

"네! 저도 그렇게 생각합니다만, 조사는 일단 해야 해서……."

별 일 없을 거라며 웃으며 말하는 수사관의 말에 유진은 조용히 그를 따라 나섰다.

유진과 수사관은 취조실로 들어섰다.

"유진 양! 일단 여기 앉으세요. 커피라도 드릴까요?"

"아뇨, 괜찮아요. 근데 제가 왜 여기에 있는지 모르겠는데, 설명을 좀 부탁드려도 될까요?"

"일단 유진 양도 알다시피 지금 빠르게 퍼져 나가는 투표 보이콧 사건 알고 계시죠? 저희가 조사한 바로는 유진 양이 최초 유포자라 부득이하게 이렇게 조사하게 되었습니다."

"투표 보이콧 운동에 같이 동참하고 있지만, 저도 모르겠습니다. 제가 최초 유포자라뇨?"

"여기를 보시죠. 유진 양의 SNS입니다. 보시면 투표 보이콧하자는 내용이 있는데요. 날짜를 보시면 보이콧 운동이 일어나기

전이죠. 그리고 이후 다른 사람들의 SNS에 이 내용이 퍼져 나가기 시작한 걸로 판단됩니다만……."

"잠시만요! 제가 쓴 글은 맞습니다만, 내용과 날짜만으로 어떻게 제가 최초 유포자라고 하시는 거죠? 전 그냥 학생들끼리 이 나라의 미래를 위해 어떻게 할까 하며 얘기 중에 그간의 국회 의원들의 권력 쟁탈을 위한 처참한 행위들을 보며 정치권 교체를 위해 할 수 있는 일이 뭐가 있을까 하며 의논하기 시작했죠. 국회 의원들의 낯짝은 정말 철면피 같지 않아요? 자기가 하면 합법이고 남이 하면 불법이고…… 그렇게 생각하지 않아요?"

"유진 양 말을 좀 삼가하시는 게…… 이거 다 녹음됩니다."

수사관은 유진을 걱정하듯 유진에게 다가가 아주 작은 목소리의 귓속말로 알려 주었다.

"거기다가 어디서 들었는지 저도 생각이 안 나는데요, 이번 투표를 대국민이 보이콧해서 기존 의원 및 앞으로 의원이 될 사람들에게 경각심도 주고 대국민 의사를 전달해서 올바른 정치권을 만드는 게 어떠냐는 얘기를 듣고 정말 좋은 생각인 것 같아서 그냥 제 SNS에 올렸을 뿐이에요."

"그렇다고는 하지만, 유진 양의 했던 행동들과 기묘하게 날짜가 잘 맞아 떨어지는데, 우리 쪽에서는 유진 양이 유력한 용의자라고 생각됩니다만……."

"좋으실 대로 하세요. 그럼 전 앞으로 어떻게 되는 거죠? 구속인가요?"

"뭐 아직 그런 거는 아니고요. 이번은 그냥 사전 조사 단계로 그냥 유진 양에게 물어볼 것도 있고 해서 이렇게 모신 겁니다. 별 다른 의도는 없다는 점 알아 주세요."

또 한번 조사관이 조용히 귓속말로 유진에게 말했다.

"전 유진 양의 용감한 행동에 경의를 표하는 사람 중의 한 사람으로서, 유진 양 편입니다. 너무 걱정하지 마세요. 아마 별다른 조치는 없을 겁니다."

그리고 이어지는 질문은 취조실 밖 다른 사람들을 의식한 듯 평소대로 이어졌다. 그렇게 5시간에서 6시간 정도 흘렀을까. 유진은 힘들게 경찰청을 빠져 나왔다.

"휴! 생각보다 오래 걸렸네. 별 쓰잘데기 없는 것도 다 물어 보네? 내 친구들에 관해서도 다 물어보고……."

순간 뒷덜미에서 뭔가 싸하고 올라왔고, 재빨리 유진은 친구들에게 전화를 돌렸다.

한편 국회에서는 이 소란을 진정시키기 위해 서로 앙숙이었던 여·야당이 한자리에 모이는 초유의 사태가 벌어졌다. 한해 정부의 예산을 결정하는 등 중요한 결정이 있어도 꽉 차지 않았던 국회, 그날만은 앞으로 그들의 미래가 걱정스러운 듯 깊은 상심에 찬 얼굴을 한 의원들로 꽉 들어 차 있었다.

"자! 자! 잠시만 정숙해 주십시오."

여당의 대표가 드디어 입을 열었다.

"여러분들도 잘 아시리라 생각됩니다. 이번 투표 보이콧 운동이 좀 심각해지고 있습니다. 정말로 이번 선거 자체가 보이콧 될 수도 있을 것 같아 시급한 대책이 필요합니다. 좋은 의견 있으신 의원 분은 지체 없이 말씀해 주시면 감사하겠습니다. 참, 그리고 이번 회의건 이외의 말들은 특히 여·야 서로 물고 물리는 말은 절대 삼가해 주시기 바랍니다. 이번 회의는 투표 보이콧으로 모인 자리인 만큼 다른 말을 하는 의원은 바로 강제 퇴실 조치토록 하겠습니다."

이번 일이 여야에 얼마나 심각한 일인지 대변하는 듯 여당 대표의 말에는 보통 때와는 다르게 깊고 뚜렷하게 의원들의 가슴 속에 파고들었다.

"최초 유포자가 있다면서요?"

회의실 좌측 어디선가 말이 나왔다.

"네, 김 의원님. 하지만 확실치 않습니다. 조사 결과, 의심이 간다는 것이지 그 사람이 정말 최초 유포자인지는 아직……."

"그게 뭔 상관입니까? 그냥 증거 만들어서 이때까지 한 것처럼 잡아 넣으면 되지. 본보기를 보여 줘야 되지 않겠습니까?"

"그렇게 쉽게 생각하시면 안 됩니다. 증거를 만들어 잡아 넣는다고 칩시다. 그럼 국민들이 가만히 있겠습니까? 불난 집에 부채질하는 격이 되겠죠. 그렇게 쉽게 해결될 일이었으면 이렇게 모이지도 않았습니다. 우리 손에서 해결했지요. 허.허.허."

어이없는 말에 비웃듯이 웃는 여당 대표의 얼굴은 한없이 어두워져만 갔다. 한동안 이렇다 할 의견이 나오지 않고 웅성거리기만 했다.

"그럼 명예 훼손으로 고소하는 건 어떤지요?"

어디선가 흘러나온 말에,

"안 됩니다. 고소를 한다는 것은 우리 의원이 최초 유포자를 고소한다는 것인데, 안 그래도 지금 국민들이 우리를 좋게 보지 않는데 고소했다가 역시나 그렇지 하며 오히려 역효과가 클 것으로 보입니다."

"음, 다른 분들 중에 좋은 의견 있으신 분 안 계신가요?"

여러 의견들이 계속 나왔다 들어갔다 했지만, 실행에 옮길 만한 의견은 5시간째 나오지 않고 있었다.

"그럼! 다른 이야깃거리를 만들어 주는 건 어떨까요?"

"뭔 말인지요?"

"제 말은 지금 집회 중인 대다수가 20대에서부터 40대로 알고 있는데, 그 사람들의 시선을 다른 쪽으로 돌릴 거리를 만들면 집회를 흐트려 놓을 수 있을 것 같은데요. 예를 들면 20대들의 이슈인 아이돌에 관한 거리를 내놓는다든지, 각 세대에 맞는 이슈를 만들어 내놓는 거지요. 그러면 좀 분산되지 않을까요? 그러다가 없어지면 더 좋구요. 제가 듣기로는 검찰에서 쥐고 있는 핵폭탄급 건수가 엄청나다던데……."

"음, 괜찮은 생각 같습니다. 다른 의원님들 생각은 어떠신지?"

여기저기서 의원들의 찬성의 말과 함께 안도의 한숨이 새어 나왔다.

"그럼 저와 야당 대표님과 함께 내일 검찰청에 한번 갔다 오겠습니다."

이틀 후 아침. 각 신문, 방송 톱뉴스가 나오기 시작했다.

"SKBS 아침 뉴스입니다. 요즘 아이들에게 인기 제품이죠. 아마 한번도 안 먹어본 아이들은 없을 듯한데요. 근데 이 제품에 인체에 유해한 첨가제가 들어간다는 제보가 있었습니다. 함께 보시죠."

"PBC 아침 뉴스입니다. 요즘 신성기업에서 만드는 제품입니다. 최근에 아이들 특히 초등학생들에게 인기를 끌면서 엄청난 판매를 해 왔는데요. 저도 아이를 키우는 입장에서 몇 번 먹어봤습니다만, 정말 맛있더군요. 어른들도 많이 먹어 봤을듯합니다. 근데 여기에 특히 아이들의 뇌에 치명적인 유해 성분이 들어간다는 내용의 제보가 있었습니다."

아침부터 전국을 들썩이는 뉴스가 나오기 시작했고 곧 전국 엄마, 아빠들의 분노가 SNS를 통해 걷잡을 수없이 퍼져 나갔다.

그날 저녁 또 한 번 터졌다.

"SKBS 저녁 뉴스입니다. 지금 최고의 인기를 누리고 있는 아이돌그룹 혼성 6인조 그룹이죠. 남녀노소를 불문하고 20대들의 엄청난 인기를 누리고 있는 그룹인데요. 특히 이 그룹 최고의 인기를 끌고 있는 현척 군과 리아 양이 실제 부부 사이이고 둘 사이에 아이가 있다는 소문이 사실로 밝혀지면서 팬들에게 큰 충격이 되고 있습니다. 사실을 알아보겠습니다."

"PBC 뉴스입니다. 아이돌 그룹 최고의 인기 남녀인 현척 군과 리아 양이 부부 사이이며 아이가 있다는 사실이 밝혀지면서 소속사는 잠정적으로 활동을 중지하고 필요하면 그룹 해체까지도 생각하고 있다는 입장을 발표했는데요. 그런데 팬들의 반응은 다릅니다. 여기 몇몇 팬 분들과 말씀 나눠 보겠습니다."

"지금 최고의 인기를 누리고 있는 아이돌 그룹의 팬으로서 이번 사실에 대해 큰 충격이 있었을 것 같은데, 지금 심정이 어떠십니까?"

"네, 사실 인기를 끌기 시작하면서 그런 소문이 돌았었거든요. 저처럼 열팬이라면 어느 정도는 예상하지 않았나라고 생각됩니다만. 소속사에서 너무 과한 처분을 내린 건 아닌지……. 아마 대부분 열팬들은 알고 있었을 겁니다. 최근 보기 드물게 인성이 좋은 사람이라 인간적으로 좋아하는 건데. 아시잖아요? 알게 모르게 좋은 일을 많이 하고 있다는 걸. 그리고 팬들에게도 정말 잘해 주거든요. 한 명, 한 명 신경도 써 주고, 마치 친한 친구인 것처럼……."

"다른 분 얘기를 들어 보겠습니다. 어떻게 생각하시는지?"

"저는 정말 충격이었어요. 만약 둘 사이가 애인 사이였다면 그럴 수도 있다고 생각 할 수 있지만, 부부 사이이고 애까지 있다니, 이건 사기 수준이라고 봐야 되지 않겠습니까? 이렇게 팬들을 농락하다니……. 아니! 부부 사이인데 어떻게 모른 척, 아닌 척하며 다닐 수가 있죠? 이건 처음부터 팬들을 속이려고 한 행동이라고 봐야죠. 선행을 많이 한다는데, 그럼 자기 아이는 지금 누가 키우고 있는지 궁금하군요. 자기 아이도 키우지 못하는 사람들이 선행을 한다고 그게 선행입니까? 그냥 보이기 위한 거짓된 행동으로밖에 안 보이거든요. 그런 거짓된 인생을 사는 사람이 계속해서 활동하는 것은 맞지 않다고 봅니다. 이번 소속사의 조치는 마땅하다고 생각됩니다."

"팬들의 말을 들어 봤는데요, 소속사의 금번 조치에 대해 팬들의 의견도 분분하면서 큰 논란으로 빠져들 것으로 보입니다."

하루 종일 떠들어대는 뉴스를 같이 보고 있던 여야 대표는 '이제부터 시작이지. 곧 일어날 거야.'라며 희미한 웃음을 지었다. 아니나 다를까 초스피디한 이 시대를 대변하듯 한쪽에서는 부모들의 신성 기업 모든 제품에 대한 불매 운동이 일어나기 시작했고, 여기저기 캠퍼스에서는 아이돌 그룹의 활동 중지 및 해체에 대해 서로 논쟁을 벌였다. 결국 전국 각지에서 일어난 투표 보이콧 집회에 대한 열기는 점점 식어만 갔다.

마침내 선거 당일, 연이은 사건으로 식어간 투표 보이콧으로 투표는 시작되었다. 하지만 투표 보이콧의 여파일까 이번 투표에서는 의외로 여야 소속이 아닌 무소속 의원들이 많이 당선되었고, 그중 한명이 유천, 정유천이었다.

CHAPTER
4.

음모

따르릉따르릉, 그동안 여기저기를 돌아다니며 새벽에 집으로 돌아와 잠을 청한지 2시간도 채 되지 않았던 유천은 새벽부터 울리는 전화 소리에 잠에서 깼다. 웬만한 사람은 전화 소리를 못 듣고 마냥 잠에 취했을 무거운 몸을 이끌고 무의식 중에 전화를 받은 유천의 귀에 듣기 거북한 변조된 목소리가 들렸다.

"정유천 후보! 듣기만 하시오. 당신은 지금 아주 큰 위험에 빠져 있소. 조만간 대대적으로 당신 몰이를 할 것이오. 지금처럼만 행동하시고, 모르는 사람의 접근을 철저히 차단하시오. 당신의 정보를 모으려고 각 당에서 혈안이 되어 있소. 난 당신이 이 나라의 구세주가 되리라 믿는 한 사람으로서 당신을 돕고 싶지만, 지금은 때가 아니오. 평소보다 좀 더 행동에 각별을 기하시오. 그럼……"

잠결에 받은 전화의 내용에 잠이 달아난 유천의 얼굴에는 전화기 너머의 인물이 누구인지, 왜 이렇게 급하게 전화를 했는지에 대한 의문에 더 이상 잠을 이룰 수가 없어 혼자 고민에 빠져 있었다. 마음 같아서는 당장에 경대, 오동, 찬식, 유진에게 전화해서 의논을 하고 싶었지만, 그들 또한 지금 단잠에 빠졌으리라는 생각에 도저히 깨울 수가 없었다.

곰곰이 생각하다가 유천은 분명 그는 어떤 정치인일 거라는 생각이 들었다. 한편 유천의 머릿속에는 아직까지 이런 신념 있는 정치인이 있을까 하는 생각도 들었지만, 그가 말한 내용을 토대로 생각해 보면 자기를 모함하려는 세력은 분명 지금의 다른 후보들일 거라고 확신했다. 그리고 전화한 이가 그들 후보 밑에서 일하는 어느 신념 있는 정치인일 거라는 생각에 한편으로는 '아! 아직까지는 이 나라가 썩은 것은 아니구나.'라는 안도의 한숨을 지었다. 이런저런 생각을 하다 보니 어느덧 해가 떠올랐고, 경대, 오동, 찬식, 유진 양과 만나기로 한 시간이 다 되어 갔다.

한껏 충혈된 눈으로 나타난 유천을 본 유진은 놀리듯 말했다.

"아저씨! 잠을 많이 못 주무셨나봐요? 눈이 토끼 눈 마냥 빨간데요. 호호호."

하지만 그렇게 말하는 유진도 눈이 무거운 듯 연거푸 눈을 비벼댔다.

"어. 그래, 유진 양은 잠 좀 잤어? 나 때문에 고생이 많네."

"저야 뭘! 전 아직 젊어서 괜찮아요. 일주일을 밤새도 거뜬해요. 호호호."

젊음이 좋기는 한 듯 그녀의 얼굴은 빠르게 생기를 찾아갔다. 한편, 유천의 무거운 얼굴을 느끼기라도 한 듯 걱정스러운 듯 오동이 유천에게 말했다.

"뭔 일 있어? 얼굴이 통 못 잔 얼굴인데…… 뭔 고민 있나?"

"어! 안 그래도 말하려고 했는데……. 오늘 새벽에 이상한 전화 한 통을 받았어. 누군가가 날 뒷조사한다고, 날 함정에 빠트리려는 사람이 있다며 조심하라는 전화가……."

"그래! 이제부터 전쟁이 시작됐다고 봐도 이상할 리 없지. 내 생각보다는 좀 빠르군. 그만큼 우리가 지금 국민들에게 엄청난 지지를 받고 있다는 증거겠지. 거기에 대한 견제라고 생각하면 좋은 현상이야. 다들 좋게 생각하자고……."

다들 오동의 그 말에 동감이라도 한 듯 고개를 끄덕였다.

"그래도 혹 모르니, 다들 행동 하나하나에 티 안 잡히게 조심하자고."

한편 여당 사무실.

"아! 이놈들을 어떻게 하지? 도저히 흠을 잡을 수가 없네."

여당 김 후보의 지지율이 급격하게 떨어지자, 여당에서는 난리가 났다.

"아무것도 없는 놈이라 신경도 안 쓰고 있었는데, 온 나라가 이놈 때문에 난리네, 난리! 어떻게 좀 해 봐. 털어서 안 나 오는 놈이 어디 있어. 탈탈 좀 털어 봐. 어떻게든지……."

김 후보의 말에 비서실장이 한마디 거들었다.

"안 그래도 지금 그놈 주위를 샅샅이 뒤지고 있습니다. 조금만 기다려 보시죠."

또한 야당 사무실에서도 대책 방안을 세우느라 긴급 회의에 들어갔다.

"최근 급격하게 정유천 후보의 지지율이 상승 중에 있는데, 어떻게 생각하시오?"

이 후보가 모여 있던 의원들을 향해 다급한 듯 질문을 쏟아냈다. 그 말이 나오기가 무섭게 누군가의 입에서 이 후보를 안심시키는 말이 나왔다.

"괜찮습니다. 후보님, 정유천 후보가 선전할수록 여당이 불리해질 겁니다. 지금 국민들은 여당을 믿지 못하고 여당을 갈아 엎으려는 의지가 강합니다. 그런 면에서 우리의 표는 일정량이 정해져 있지요. 일단 정유천 후보의 지지가 올라갈수록 여당은 무너질 겁니다. 우리는 그냥 가만히 있되, 알게 모르게 정유천 후보를 도와주는 게 좋을 듯합니다. 물론 정유천 후보의 덜미를 잡을 수 있는 뭔가를 손에 쥐고 있어야겠지요. 결국 최후 승자는 우리가 유천 후보의 덜미를 어떻게 잡느냐에 따라 갈릴 겁니다."

이 말을 들은 이 후보는 얼굴에 생기가 돌면서도, 과연 괜찮을까 하는 생각과 함께 의심에 찬 목소리로 그 의원에게 말했다.

"그럼, 바쁘시지만 유천 후보의 뒷조사를 부탁합니다."

이렇게 말을 마치고 돌아서는 이 후보의 뒷그림자에 서서히 어둠이 깔렸다.

유천의 선거 유세는 서민들에게 보여 주기식인 전통 시장 등을 둘러보며 악수하고 인사하는 보통의 후보들의 유세와는 달랐다. 유천, 오동, 찬식, 유진이 유세 방법과 장소에 대해 회의를 하던 중 오동이 아이디어를 생각해냈다.

"천아! 우리는 솔직히 아무것도 가진 게 없다. 타 후보들과 같이 유세하다가는 뒤떨어질 수밖에 없고, 천이 네가 당선되었다 해도 네 의지대로 갈 수 있을지도 알 수 없다. 그 때가 되면 어떡해서든지 현 권력층의 힘을 빌려야 되는 상황이 올 건데, 미리 뚫어 놓는 것이 좋지 않을까?"

유천도 타 후보들처럼 똑같이 보여 주기식의 선거 유세는 싫었다.

"그래서? 어떻게 하자는 건데?"

"대한민국 최고의 부촌 동네들을 도는 거지. 물론 총수들은 만나지는 못 하겠지만 찌라시를 만들어 돌리면서 사전에 우리들의 의지를 보여 주자는 거지."

고개를 갸우뚱거리며 못 미더운 얼굴의 찬식이 유천을 대변해 한마디했다.

"그게 도움이 될까? 어차피 그들은 이미 여야와 동조 관계일 텐데……."

"그러니까 그들이 군침이 삼킬 만한 내용의 찌라시를 만들어야지!"

더욱더 의아해하며 도저히 갈피를 못 잡고 있는 찬식을 대신해 경대가 오동에게 물었다.

"그러니까? 어떻게 무슨 내용으로 만들자는 건데?"

"저도 도저히 뭔 말인지 모르겠는데요. 거짓 찌라시를 만들어 뿌렸다가는 오히려 저희 쪽에 독이 될 수도 있을 텐데……."

경대의 말을 거들어 유진도 한마디했다.

"내 말은 거짓 찌라시가 아닌 앞으로의 우리의 계획을 상세히 적은 찌라시를 뿌리는 거지. 사실 이때까지 유세하면서 상세한 계획, 내용을 누구한테도 말한 적 없잖아. 아마 다들 막연히 그게 가능할까 하고 의구심만 쌓아가고 있을걸?"

유천이 오동의 말에 공감이라도 한 듯 말했다.

"하긴, 아마 대다수의 시민들이 타 후보들의 공약이랑 다를 바 없다고 생각할 수도 있지. 아마 허울 좋은 거짓말로 들릴 수도 있고……."

"재벌 총수들도 마찬가지일 거야. 너를 찍느니 지금까지 동조 관계였던 사람들을 찍는 게 그들에게는 안정빵일 테니…"

"그렇죠! 그건 맞는 말씀이에요."

오동의 말에 유진도 맞장구쳤다.

"여기서 우리는 미래의 대한민국 설계도를 그들에게 미리 뿌리는 거지. 그들이 군침을 흘릴까, 안 흘릴까? 아마 우리가 계획하는 대한민국의 설계도를 보면 그들은 군침을 흘릴걸?"

"왜죠? 전 아무리 생각해도 이해가 잘 되지 않는데요?"

이상하다는 듯이 고개를 갸웃뚱거리며 유진이 물었다.

"음, 뭐라고 할까? 유진 양 지금 기업들이 어떨 것 같아? 겉으

로 보기에는 잘되고 있는 것처럼 보이지만, 아니야. 지금 간당간
당하거든, 솔직히 사업거리도 없을 뿐더러 지금 경기 하락으로
수주도 거의 없는 실정이지. 여기서 우리의 계획인 전 국토 미래
도시 건설이라는 계획을 던져 주면 그들은 이 엄청난 건설 사업
이 경기 부양에 어떤 기대 효과를 불러올지 한번에 알아채겠지.
그리고 우리는 거기에 맞게 각 기업들에게 기업의 특성에 맞는
사업에 대해 1순위 지명도를 준다고 하는 거지. 어마어마하지
않아? 내가 보기에도 어마어마한데!"

아직까지 좀 못 믿겠다는 표정이었지만, 유천은 오동을 믿을
수밖에 없었다. 아니 믿고 싶었다.

"오케이! 그럼 찌라시 만드는 건 오동 너에게 맡길게. 다만 한
치의 거짓은 없어야 돼. 알지?"

"오케이! 당연하지! 걱정 붙들어 매시라니까…"

그렇게 찌라시가 만들어졌다.

안녕하십니까? 저는 이번 대통령 선거 후보자 정유천입니
다. 다들 저의 공약에 대해 많은 의구심이 있을 거라 생각되
어 이렇게 찌라시를 만들어 보내드리게 된 점 죄송스럽게
생각합니다. 끝까지 봐 주시고 판단은 여러분들이 해 주시
기 바랍니다.

제가 당선이 되면 최우선 과제로 김정은 위원장과의 독대

를 통해 협의할 것입니다. 그 내용은 미래 도시 건설입니다.

우선 낙후된 북측에 우리나라의 건설사들을 대거 투입하여 임시 국토를 건설합니다. 그에 드는 비용은 북측에 잠재된 희토류, 석유를 채취하여 그 비용을 감당하면 될 것으로 보입니다. 북측의 임시 국토가 완성되면 남측의 모든 거주자들을 북측으로 대이전을 할 겁니다. 이후 텅 빈 남측의 국토를 전면 갈아엎어 지금 박찬식 박사가 연구 중인 무동력 장치를 이용하여 전국을 연결하는 대규모의 무동력 수송, 이동 라인을 지하로 연결할 것입니다. 지상에는 안전하게 다닐 수 있는 거리와 공원을 확보하고, 또한 모든 건물을 무동력으로 건설하여 에너지 걱정 없는 안전하고 친환경적인 도시를 만들 것입니다. 그 후에 북의 모든 거주자들을 다시 남으로 이전, 북도 같은 방식의 미래 도시를 만들어 교류하면서 통일로 나아갈 것입니다.

무슨 공상 과학 영화 찍느냐고요? 아닙니다. 아시다시피 북도 이제 개방을 하려는 의지가 많이 보이지 않습니까? 그런데 아무도 도와주지 않습니다. 이럴 때 우리가 북의 전면 개발을 도와주겠다고 하면 아마도 북에서도 사양하지는 않을 것입니다. 밑지는 장사는 아니라는 말입니다.

여기서 중요한 한 가지, 그때가 오면 총수 여러분들에게 각 사업에 대해 기업의 특성에 맞는 1기업 1사업 지명권을 드리도록 하겠습니다.

이후 만들어질 미래 도시 이미지와 함께 총수들에게로의 메시지를 보내는 말을 담은 찌라시였다.

오늘도 그 찌라시를 가지고 그렇게 유천은 대한민국 최고의 부촌, 재벌 총수들이 많이 거주하는 한남동 일대를 돌고 돌았다.

유천은 확성기 하나만으로 이 일대를 돌아다니며 이 나라의 실정, 앞으로 나아가야 할 길에 대해 열심히 읊조리며 재벌 총수의 집안으로 찌라시를 흘려보냈다. 그렇게 며칠을 대한민국의 부촌들을 돌아다니며 유세를 끝낸 유천이었다.

그날도 바쁜 선거 운동 일정을 마친 후 무거운 몸을 이끌고 돌아온 유천 일행은 사무실을 열자마자 깜짝 놀라고 말았다. 도둑이 든 것처럼 여기저기를 파헤쳐 놓은 것처럼 사무실 안의 서랍, 캐비넷 등 온통 뒤집혀져 있고, 서류 더미가 여기저기에 널브러져 있었다. 오동은 문득 고개를 돌리며 부촌들을 돌며 남은 몇 안되는 그 찌라시를 넣어 둔 서랍이 텅 비어 있음을 알아챘다.

"없다, 아!"

"뭐가 없는데?"

걱정스러운 듯 유천이 오동에게 물었다.

"찌라시! 그때 쓰고 남은 거 몇 장 안돼서 바쁘기도 하고 해서 그냥 서랍에 넣어 뒀는데…… 내 실수다! 미안하다. 천아!"

"뭐! 괜찮다. 어차피 알려질 일이었다. 신경 쓰지 마라!"

그렇게 말하는 유천의 얼굴에는 깊은 어둠이 깔렸다.

"근데, 이렇게 대놓고 선거 사무실에 침입을 하다니? 누구 소행인지 뻔해 보이네요."

신경질적인 말투로 유진이 한마디 뱉었다.

"그렇겠지, 아마도……. 내일부턴 조심해야겠는걸. 그리고 혹 모르니 언론 보도에 대응할 내용도 만들어야지. 오늘 좀 힘들었겠지만 힘내자고!"

일행을 위로하는 경대의 목소리에는 이후 일어날 일들을 예상이라도 하듯 다급함이 묻어 있었다. 유천 일행은 사무실을 정리하랴, 내일 나올 언론 보도에 대응할 계획을 세우랴 뜬눈으로 밤을 지샜다.

다음 날 아침, 유천 일행의 예상과는 반대로 언론 보도는 없었으며, 조용한 일상의 연속이었다.

"이상한데? 분명 언론사에 넘겼을만 한데. 조용하네."

고개를 갸웃거리며 알 수 없다는 표정의 경대가 한마디 했다.

"그러게, 분명 아침부터 난리칠 거라고 생각했는데……"

불안한 듯 떨리는 유천의 말에 오동은 무거운 분위기 속에 배고픈 시늉의 행동을 하며 분위기를 전환했다.

"안 났으면 됐지, 뭐. 어제 저녁부터 밥도 못 먹었는데, 밥이나 먹으러 가자!"

거기에 맞장구치며 고픈 배를 움켜지며 유진도 도왔다.

"그래요. 너무 배고파 죽을 것 같아요. 먹고 죽은 귀신 때깔도 좋다던데, 일단 저희 뭐 좀 먹어요."

유진은 유천의 팔을 잡고 사무실 문 밖으로 끌고 나왔다.

하지만 먹는 둥 마는 둥 대충 아침을 해결하고 사무실로 돌아온 유천 일행은 배가 부르니 다들 졸음이 마구 쏟아지기 시작했다. 한창 졸린 눈을 비비며 정신을 차리지 못하던 찰나에 찬식의 휴대전화가 울렸다.

"오, 정식 군! 웬일이야?"

"교수님! 큰일 났어요! 빨리 학교로 오셔야겠어요."

"무슨 일인데?"

"다름 아니라, 지금 연구 중인 무동력 개발 장치요. 갑자기 연구실을 폐쇄한다는데요!"

"갑자기 그게 무슨 말이야! 곧 실증 단계인데, 지금 갈 테니 기다리고 있어!"

그러고는 급하게 사무실을 빠져나오는 찬식의 머릿속에는 그동안의 기억이 새록새록 돋아났다. 파릇파릇했던 찬식의 학창 시절, 에너지 파장을 공부하던 찬식의 머릿속에 파장도 에너지고 모든 만물에는 에너지가 존재한다는 생각이 떠올랐다. 그리고 우리는 지금 물체의 에너지 근원을 전기를 통해 사용하고 있다. 이 전기를 모든 만물이 가진 에너지를 통해 생산해낼 수 있다면 전기를 만들면서 생긴 환경 문제, 자원 고갈의 문제에서 인류가 해방될 수 있을 거라는 생각에서 시작된 연구였다.

처음부터 너무 어려운 발상이었다. 지구상에 떠도는 만물의 내부 에너지를 외부 에너지로 바꾸는 건 기존의 방식으로는 이룰 수 없는 그런 일이었다. 처음에는 음파, 즉 소리 파장을 이용해서 약 전류를 만드는 데 성공했다. 하지만 이를 우리가 사용 가능한 범위까지 증폭시키는 데 어려움을 겪었다. 결국 찬식은 잠시 연구를 중단하고 기존의 물질들이 아닌 특별한 물질, 신물질 개발을 위해 신소재 개발 연구에 몰두했다. 그리고 지금은 비밀리에 거의 실증 단계에 들어설 만큼 그 성과가 컸다.

한편 연구실에 도착한 찬식, 입구부터 침울한 분위기가 찬식의 몸을 휘감았다. 연구원, 조교 등 연구에 참여한 누구하나 할 것 없이 찬식이 들어오는 줄도 모르고 책상에 머리 박고 앉아 있었다.

"다들 왜 그래?"

찬식의 목소리에 일제히 반응하듯 고개를 돌렸다.

"교수님, 앞으로 어떡하죠? 어떡해요? 교수님, 이제 연구의 성과가 나오기 시작했는데……."

찬식의 보조 연구원이 울먹이며 말했다.

"혹, 어제 누가 왔다 갔는지 알고 있어?"

"아니요, 우리는 그냥 늘 하던 대로 연구에만 열중하고 있었어요. 어제한 연구의 성과가 좋아서 기쁜 맘으로 다들 간만에 집으로 돌아갔었어요. 그런데 오늘 연구실에 와서 보니 연구실 문 앞에 잠정적인 지원 중단으로 인한 연구실 폐쇄라는 종이가 붙여져 있었어요. 제가 알아보려고 했는데, 지금 방학 중이라 누구에게 물어봐도 아무도 모르겠다면서……"

찬찬히 종이를 살펴본 찬식의 눈에 '누가' 폐쇄한다는 주체가 없는 것을 확인하고는 바로 학과장에게 전화를 걸었다.

"학과장님! 혹 제 연구실 폐쇄에 대한 내용 들어 보신 적 있으신지요?"

"갑자기 무슨 소리야? 자네 연구실이 폐쇄? 왜? 누가 폐쇄한다고 하던가?"

"그게…… 제가 없는 사이 제 연구실 앞에 연구실 폐쇄 조치한다는 종이가 붙어 있어서……"

"조금만 기다려 보게, 내 당장 갈 테니."

이윽고 의문의 종이를 본 학과장은 알 수 없다는 듯 연신 고개만 갸웃거렸다.

"음, 뭐지? 지원 중단에 따른 연구실 폐쇄라? 난 이런 얘기 처음 들었는데! 아무리 총장이라 하더라도 나한테 말도 없이 이러지는 않을 건데……"

"그렇죠, 제가 생각하기로도 이건 좀 이상해요! 그래도 한번 확인을 해 봐야 할 것 같은데, 죄송스럽지만 학과장님께서 좀 알아봐 주실 수 없을까요?"

"당연히 그래야지. 자네 연구가 얼마나 중요한 진 내가 더 잘 알고 있네. 이럴 때 내가 나서야지! 기다려 보게. 곧 알아보고 연락줌세."

그러고는 허겁지겁 연구실을 빠져나와 학과장은 곧바로 총장실로 향했다.

　"네? 뭐라고요? 총장님! 그 말이 정말입니까?"

　"나도 어쩔 도리가 없었네! 그들이 찾아 온 것은 어제 저녁 늦은 시간이었네. 집으로 직접 찾아왔지. 온통 검은 양복 차림의 그들 주위에 검은 기운이랄까? 아니, 붉은 기운이 느껴졌네. 하여튼 조폭들의 분위기와 비슷하면서도 왠지 가라 앉은 듯한 무거운 공기가 그들을 감싸고 있어 좀 무서운 느낌이 들었네. 내가 누구냐고, 어디서 왔냐고 물어도 그들은 답을 하지 않았네. 다만 위에서 보내서 왔다며, 지금 당신이 느끼는 그곳이 맞을 거라며 굳이 말하지는 않았지만, 순간 느낀 한 단어가 내 머릿속을 지나갔네. 그리고는 두 말도 하지 않고 오늘부로 그동안 정부에서 지원하던 박찬식 교수의 연구비 지원을 중단한다는 말만 했네. 처음엔 나도 안 된다고 했네. 이 연구가 얼마나 중요한지, 성공 여부에 따라 이 나라가 전 세계를 이끌어 나갈지도 모른다고, 차라리 다른 연구의 지원 중단하라고, 이 연구는 학교뿐만 아니라 이 나라의 미래가 걸려 있다고 그렇게나 간곡히 부탁을 했네. 하지만 그들은 이미 이 나라의 미래에는 무관심한 듯했네. 그래서 난 그렇게 하라고, 우리는 우리 나름대로 계속 연구를 진행하겠다고 했더니 그들은 지원 중단의 의미를 모르겠냐고 하더군. 결국 그들이 원한 것은 연구실의 폐쇄였어. 그리고 그들은 나가기 전 나에게 어디서 찍었는지는 내 가족 사진을 책상에 올려 놓고 갔네. 미안하네! 어쩔 수가 없었네."

흐느낌의 마지막 총장의 말에 학과장은 고개를 돌리며 혼잣
말로 중얼거렸다.

"참! 이 나라 썩을 대로 썩었구나. 어디까지 가야 끝이 보일까?"

"총장님! 우리는 학문을 탐구하는 사람이 맞지요? 우리는 정
치인이 아니지요? 우리는 앞으로 뭘 해야 될까요? 학문 탐구?
정치?"

그러더니 한참 후에 결단의 말을 던졌다.

"총장님. 저 떠나겠습니다. 더 이상 이 나라에 미련이 남지 않
네요. 물론 총장님 잘못은 아닙니다. 그냥 지금까지 느꼈던 제
마음을 이제야 정한 듯합니다. 내일 총장님 앞으로 사퇴서 보내
겠습니다."

"아니? 갑자기 무슨 말이오. 아무리 그렇더라도 이 교수마저!
안 되오. 이 교수 다시 한번 생각해 보시오. 순간의 분노로 인한
결정일 수도 있소."

"아니! 전 이미 정했습니다. 더 이상의 미련은 안 남기고 싶습
니다."

그러고는 한결 가벼운 마음으로 총장실로 나온 학과장은 이
내 찬식을 보고는 고개를 푹 숙이고 말았다.

"미안하네, 내가 어찌할 방법이 없네."

총장에게 들었던 내용을 찬식에게 들려 주었다.

"어찌 이런 일이! 너무도 분하네요. 정치는 정치이고 연구는

연구인 것을……."

"그러게, 박 교수. 이 나라에 더 이상 미련 두지 말고 떠나자고. 나도 그만두기로 했네. 우리 정도면 어딜 가든지 환영 받을 거야."

"네? 학과장님 그만 두신다고요? 괜히 저 때문에……."

"자네 때문만은 아니야. 그 전부터 그들이 하는 짓거리를 보면서 오래 전부터 그만둘 생각은 하고 있었어. 다만 그날이 좀 빨리 온 것뿐이네. 신경 쓰지 말게."

"아무리 그래도 그렇지, 괜히 저 때문에……."

"자, 자, 미안해하지 말고 마음 편히 정리하자고."

"그럼, 학과장님! 죄송스럽지만 이왕 이렇게 된 거 저희 좀 도와주세요."

"평생 연구만 하던 내가 도울 일이 있나? 내가 할 일만 있다면 도와주지."

"학과장님도 아시다시피 전 지금 친구 선거 운동에 엄청 바빠서요."

"그래서 내가 뭘 도와줄까?"

"전 지금 바로 가 봐야 돼요. 학과장님께서 연구실 정리와 각종 연구 자료를 좀 폐기해 주세요."

"폐기하라고? 왜?"

"어차피 없어질 연구실, 자료를 남겨 놓으면 우리가 다른 곳으로 옮겨갈 때 장애가 될 듯해서……."

"그래도 폐기는 좀⋯⋯."

"괜찮습니다."

찬식은 자신 있다는 표정으로 자신의 머리를 가리켰다.

"그리고 참 학과장님! 내일 총장님께 이것도 좀 부탁드립니다."

오랫동안 품어 왔던 사직서를 학과장에게 부탁했고, 연구실을 나오기 전 마지막으로 울먹이는 연구원들에게 한 마디 했다.

"다들 날 믿지? 기다리고 있어. 조만간 너희를 데리러 올 테니까. 그때까지만 좀 참자고. 알겠지?"

찬식은 굳은 표정으로 선거 사무실로 오면서 다시 한번 꼭 이 나라를 위해서 유천을 당선시키리라, 이를 꽉 물었다.

한편 유천 일행은 선거 사무실로 돌아온 찬식의 굳은 표정을 보았다.

"뭔 일이야? 갑자기⋯⋯."

"⋯⋯별일 아니야⋯⋯."

하지만 그렇게 말하는 찬식의 얼굴은 어두웠고 복잡한 심정은 가라앉지 않았다.

"천아! 나 하루만 휴가 좀 줘라."

갑작스런 찬식의 말에 유천은 더 이상 물어볼 수가 없었다.

"그래, 몸도 좀 추스르고, 머리도 좀 식히고 와라."

"그래, 고맙다. 바쁜 와중에 내가 이래서는 안 되는데⋯⋯."

"뭘, 더 큰일을 할 사람이⋯⋯ 좀 쉬었다 와. 여기 걱정은 말고."

"그래. 여기 걱정 말고 좀 쉬다가 와. 너 오면 다음엔 내 차례다. 하하하."

무거운 분위기를 바꿔보려고 노력하는 경대도 뭔가 심상치 않은 찬식의 기운을 느꼈다. 그렇게 찬식이 떠나고, 찬식의 떠나는 쓸쓸한 뒷모습을 보며 유천 일행은 별일 아니기를 바랄 수밖에 없었다.

무작정 선거 사무실에서 나온 찬식은 자기도 모르게 고향길로 향하고 있었다. 내려가는 운전길에 찬식의 머릿속은 마치 수많은 거미가 거미줄을 쳐 놓은 것처럼 복잡하게 엮어 있었다. '우선은 유천을 당선시켜 놓은 다음, 무동력 개발 장치의 마무리 연구를 유천에게 말해서 정부의 지원을 받아야 하나? 아냐, 유천에게 해가 될 수도 있어. 그럼 어떡하지? 해외로 나가야 되나? 이것도 아닌데. 우리나라를 먹여 살릴 기술을 해외에서 완성하면 어쩌자는 거야!' 갖가지 생각이 찬식의 머릿속을 뒤흔들어 대고 있었다.

그리고는 고속 도로 휴게실에 잠시 들른 찬식의 눈에 문득 들어온 담배. 신물질 개발이라는 민감한 연구를 위해 찬식은 십수 년간 피워 오던 담배도 끊었었다. 별 생각 없이 커피와 담배를 사 들고 휴게실 저 넘어 인적이 드문 곳에 자리 앉아 천천히 커피 한 모금을 마시고는 담배에 불을 붙였다.

"아! 어지러워. 처음 피웠을 때도 이랬나? 안 되겠네."

담배 연기 한 모금에 민감하게 반응하는 몸을 의식한 듯 담뱃

불을 바로 꺼버리곤 그늘진 잔디 위로 누웠다. 학창 시절 날씨 좋은 밤이면 유천, 오동, 경대와 함께 대짜로 누워서 보던 밤하늘과는 또 다른 하늘이었다. 얼마 만에 이렇게 누워 하늘을 쳐다보는 건지, 정말 오랜만이었다. 그 시절 밤하늘의 별들을 보고 있자면 마치 하늘 위로 빨려 올라가는 듯한, 몸이 허공 위를 날아가고 있다는 느낌이 들어 참 좋았다. 그렇게 누워 있다가 그대로 잠이 들어 다음 날 아침 누군가의 목소리에 깨기도 했지만, 그때를 생각하면 피식 웃음이 나왔다. 돌아가면 간만에 다들 같이 누워서 밤하늘을 꼭 봐야겠다는 생각이 들었다.

찬식은 한동안 옛 생각에 잠겼다. 얼마나 시간이 흘렀을까? 문득 잠이 들었던 걸까? 찬식은 꽤 많은 시간이 흘러서야 천천히 자리에서 일어나 부산의 광안리로 향했다. 찬식이 광안리 해변에 도착했을 때는 꽤 늦은 저녁이었다. 유천, 찬식, 오동, 경대와 어릴 적 함께 그 먼 사직동에서 걸어와 놀던 광안리 해변, 그 어린 시절 어디서 그런 생각이 났는지 차비를 아끼면 라면을 먹을 수 있다며 걸어서 가자는 경대의 말에 너 나 할 것 없이 무작정 걸어서 갔던 광안리였다. 그때는 그렇게 멀게 느껴지지도 않았었다. 서로 이야기하며, 장난치며 걸어갔던 그 길. 또 라면을 먹을 생각에 마냥 좋았다. 그때는 광안리 해변 끝자락에 바위랑 돌도 많아 거기에 홍합, 각종 조개, 게들도 많았다. 그렇게 아침부터 걸어와 해변에서 놀다 배고프면 컵라면 하나씩을 사 먹고는 또 놀던 때가 생각났다. 그렇게 광안리 해변에 자리 앉아 옛 추억을 되새기며 찬식의 머릿속은 비워지고 있었다.

문득 생맥주 생각이 나 일전의 그 호프집에 들러 시원하게 맥주나 한잔하며 얘기나 나눌까 했다. 그러나 혼자 가면 이상하게 생각할 것 같아서 생각을 접었다. 그렇게 늦은 시간까지 멍하니 해변을 바라보다 다시 서울로 올라가는 그의 발길은 한층 가벼워졌다.

다음 날 아침 사무실, 어떻게 알았는지 기자들이 북새통을 이뤘다. 그중 불독처럼 험상궂게 생긴 한 명의 기자가 다짜고짜 찬식을 찾았다.

"오늘은 박찬식 교수님이 안 보이시네요. 어디 가셨나요?"

유천은 기자가 찬식을 찾는 것이 이상한 듯 오동, 경대, 유진을 번갈아 쳐다봤다.

"네! 잠시 외출 중에 있습니다만, 무슨 일로 찬식을?"

웅성웅성한 기자들의 속삭임이 사무실을 꽉 채우기 시작하면서 마치 자갈치 시장을 연상케 했다.

"자, 자! 시끄럽게 그러지 마시고, 뭐 때문에 그러시는지 잠시 앉아 보시죠."

"박찬식 교수님이 계셔야 질문에 답이 될 듯한데……."

"박찬식 교수는 오늘 늦을 듯합니다만…… 뭡니까? 우리가 아는대로 답해 드리죠."

"음, 박찬식 교수님이 그동안 진행해 오셨던 연구 건 말인데요……."

그때 마침 찬식이 들어왔다.

"어, 어? 뭡니까? 아침부터 어떻게 기자분들이 여기로 총출동을 하셨죠?"

"아! 오셨네요. 늦을 거라고 하시던데……."

"네! 일이 좀 빨리 끝나서, 아무튼 오늘 좀 피곤하니까 천아! 난 좀 나가 있을게. 잠도 제대로 못 잤어."

귀찮은 듯 기자들을 보자마자 밖으로 나가려는 찬식을 붙잡고 유천이 조용히 말했다.

"찬식아! 네 연구 때문인 거 같다."

감기던 눈이 휘둥그레지는 찬식에게 어디선가 기자의 질문이 나왔다.

"그동안 교수님이 연구해 오시던 무동력 개발 장치 건 말입니다만…… 그동안 어마어마한 지원을 받아 왔으면서도 성과도 없고 지원금을 사적인 용도로 써 왔다고 하는 말들이 있습니다. 어떻게 생각하시는지요?"

"네? 누가요? 누가 그런 루머를 퍼트리고 다니던가요? 안 그래도 어제 연구실 폐쇄 조치한다 해서 다녀왔는데……."

"아, 그럼 사실이겠군요. 연구에 성과가 있다면 연구실을 폐쇄할 이유가 없지 않습니까?"

"그건 아닙니다. 솔직히 제 연구는 어느 정도 완성 단계에 접어들었으며, 곧 실증 단계였습니다. 근데 어제 갑자기 어디로부터 압박을 받았는지는 모르지만 폐쇄한다고 해, 급하게 제가 갔다 온 겁니다. 다시 한번 말씀드리면, 제 연구는 곧 실증 단계였습니다. 연구실에 가 보시면 연구 자료들과 제 연구진들이 아직 남아 있을 겁니다. 확인해 보시죠."

이 말을 함과 동시에 순간 찬식의 등줄기에 땀이 흘러내렸다. 어제 학과장님에게 부탁한 말이 새삼 떠올랐지만, 돌이킬 수 없었다.

한편 찬식이 연구실을 찾아오고 떠난 그날, 찬식이 떠난지 얼마 되지 않아 성삼전자의 비밀 연구 부서의 일원임을 밝힌 이들이 왔다. 그들은 찬식 박사의 연구 중단에 대한 사전 정보를 입수하고 돕기 위해 왔다고 말하며, 연구원들에게 어마어마한 제의를 하고 갔다.

내일이 되면 아마도 찬식 박사에 대한 좋지 않은 루머와 지금까지 해 오던 연구에 대해서도 거짓 연구라는 것이 퍼질 것이며, 더 이상 찬식 박사의 연구를 어디서든 진행할 수 없을 것이라고 말했다. 더불어 성삼과 같이 할 의향이 있는지 물음과 동시에 연구원들 전원을 성삼의 비밀 연구원으로 스카웃하겠다고 했다. 물론 연구에 대한 지원과 연구를 계속 진행하는 조건과 함께 연구실 내 연구 자료는 일체 남겨 두지 말 것을 요구했고 연구원들이 동의한다면 찬식 박사에게도 제의 할 것이라고 하면서 빠른 결정을 요구했다.

연구원들이 한참을 고민을 하고 있던 찰나 학과장이 들어왔고, 학과장은 찬식 교수가 학교를 떠나기 전 부탁했던 일들을 연구원들에게 말하며 정리하라고 했다. 성삼으로 가는 것은 좋지만, 어떻게 연구실의 연구 자료를 싹 지우고 갈 수 있을까 하며 찬식 교수님을 배반하는 일 같아서 이러지도 저러지도 못하고 있던 연구원들에게는 마른하늘에 내리는 천금 같은 비나 다름 없었다. 이후 연구원들은 신속 정확하게, 번개와 같이 움직였고, 밤새 연구실을 정리한 후 학과장에게 찾아가 정리가 끝났으며, 학교를 떠나기로 했다는 말을 전한 채 발길을 성삼으로 옮겼다.

　그 사실을 모르는 찬식은 그 많은 기자들과의 설왕설래 끝에 지옥 같은 인터뷰가 지나갔다. 몇 시간이 지났을까? 상념하고 있던 찬식에게 전화 한 통이 걸려 왔다.

　"박 교수! 어찌 된 건가?"

　"아, 학과장님!"

　"지금 난리네 난리! 기자들이 자네 연구실에 들이닥치기 시작했네."

　"안 그래도 거기로 들이닥칠 거라 예상했습니다. 아침에 여기 다들 왔다 갔었거든요. 연구원들도 좀 당황하겠네요."

　"아니! 그게 문제가 아니야! 문제는 연구실이 텅 비었다는 거지. 벌써 일부 기자들의 입에서 사기꾼 집단이라는 말들이 나오기 시작했어."

"네? 연구실이 텅 비었다고요?"

"어…… 그게, 어제 자네가 나간 뒤 바로 연구실에 들러 연구원들에게 말해뒀거든. 근데 이렇게 빨리 마무리될 줄은 꿈에도 생각 못 했어. 연구원들이 아침에 내게 와서 끝났다고 하기에 같이 가 봤더니 연구실을 아예 텅 비워 놨더라고. 그러고는 자기들도 이제 각자 갈 길을 간다고 학교를 떠나갔네."

"그렇게 빨리요?"

그 많은 자료들을 하루아침에 그렇게 빨리 할 수는 없을 텐데, 하며 찬식은 의아해했다.

"그래. 연구원들도 한 명도 없지, 연구실은 텅텅 자료도 하나 없지, 기자들이 지금 어떻게 된 거냐고 난리네. 내가 설명을 하고는 있지만 기자들이 내 말을 믿어 줄지……. 연구원들이라도 있었으면 그나마 좀 나았을 텐데……."

찬식도 자기를 그렇게나 따르던 연구원들이 사전에 얘기도 없이 떠났다는 말에 뭔가 꺼림칙하고 이상야릇한 좋지 않은 느낌을 받았다.

"이 문제는 자네뿐만이 아니야. 정유천 후보에게 아마 치명타가 될 수 있을 걸세. 이미 기자들의 입에서 정유천 후보가 희대의 사기꾼일 수도 있다는 말들이 오가고 있어. 일단 여기는 내가 할 수 있는 데까지 해명하고 있을 테니 걱정 말고. 아무튼 잘 준비하고 조심하게……."

"죄송합니다, 학과장님! 계속 학과장님께는 도움만 받네요. 학과장님도 무리하지 마시고 안 되겠다 싶으면 빠지세요. 조심하시고요……."

전화를 끊고 난 찬식의 창백한 얼굴 표정에 뭔가 크게 잘못되고 있음을 감지한 유천이 물었다.

"뭔 일이야? 얼굴빛이 영 아닌데……."

"……그래, 다들 알아야겠지?"

앞선 일들에 대해 자초지종을 설명한 후 찬식은 힘없이 털썩 주저앉았다.

"미안하데이! 천아! 나 때문에……."

"……."

다들 한동안 아무 말이 없었고, 한참 지난 후에 고개를 갸웃거리며 믿을 수 없다는 표정의 오동이 입을 열었다.

"근데…… 난 도저히 이해가 안 되네. 연구실을 하루아침에 비웠다는 게 말야. 마치 모종의 계약이 있었던 것처럼……."

"나도 그게 의문이야. 아무리 연구원들이 빠릿빠릿해도 하루아침에 그게 가능해? 분명 뭔가가 있어!"

"그래요! 뭔가 뒤를 조종하는 큰 배후 세력이 있는 듯해요!"

맞장구치는 경대와 유진의 말에 고개를 끄덕이며 반응하던 오동이 찬식의 의견을 물었다.

"찬식아! 네 생각은 어때? 가능하다고 보여?"

"아주 불가능한 건 아니지만, 누군가의 도움 없이는 어려울 것 같은데……."

"그렇지! 아마도 난 누군가의 도움을 받았을 거라고 생각이 드는데."

"연구원들에게 전화를 해볼까?"

"아니, 누군가의 도움을 받았으면 네 전화를 안 받거나 아예 전화기를 꺼놨겠지."

"그럼 어떻게 하지?"

"일단 좀 기다려 보자고. 내 생각엔 곧 그 쪽에서 연락이 올 것 같으니……"

"우릴 궁지에 몰아 넣으려던 사람이 과연 전화할까?"

옆에서 가만히 듣고 있던 유천이 오동에게 물었고, 오동은 '혹, 우리편일지도……'라며 혼잣말로 속삭였다.

그렇게 어느덧 시간이 흘러 하루해가 저물기 시작할 무렵, 각 방송사 뉴스에서 '희대의 사기꾼 집단'이라는 제목으로 앞다투어 보도하기 시작했다. SKBS부터 시작해서 PBC, KPBC 등 전 방송사들이 떠들어대기 시작했다.

선거 사무실로 걸려오는 끊임없는 전화 소리, 유천 사무실은 아비규환이었다. 쉴 새 없이 울려대는 전화벨 소리에 참다못한 유천이 전화기를 집어 던지고 벌떡 일어서며 말했다.

"전화기 코드 뽑아! 야! 그냥 술이나 한잔하러 가자."

문을 박차고 나가려는 유천을 잡아챈 경대가 걱정스러운 듯 말했다.

"어디를 가려고? 너 나가면 돌팔매 맞아! 그냥 여기 쥐 죽은 듯이 조용히 있어!"

그들을 옆에서 가만히 지켜보던 유진이 사무실 문을 나서며 말했다.

"제가 안주거리랑 소주 좀 사 올게요. 난 아직까지 사람들이 잘 모르니까 괜찮을 거예요. 걱정하지 마세요."

"그래, 좀 부탁해. 유진 양!"

보도 내용이 생각보다 심각한 수준이어서 유천 일행은 함부로 밖으로 나갈 수가 없었다. 잠시 후 안주거리와 술을 사 들고 온 유진은 뭔가에 쫓기는 듯 급하게 사무실 불을 끄기 시작했다.

"일단 사무실 불부터 꺼야겠어요. 밖에 생각보다 심각하던데요, 자칫하면 여기로 몰려올 수도 있으니 불 끄고 드시죠."

그리곤 유천 일행은 휴대폰 빛에 의존해 술잔을 기울이기 시작했다.

"이제 어떡하지? 좋은 생각 있어?"

먼저 입을 뗀 유천의 말에 다들 뾰족한 대안이 없자 말없이 술잔만 들이켰고, 얼마나 지났을까? 오동이 입을 열었다.

"어쩔 수 없다. 이렇게 된 바에, 일단 해명 자료는 내일 내 놔야 될 거 같으니 준비하자. 그리고 내일 해명 보도할 때는 유천이 네가 아니라 찬식이가 해라. 우린 네 연구 내용을 잘 모르니까 그 내용을 좀 디테일하게 설명하면서 신뢰를 받을 수밖에 없을 거 같다. 그리고 유진 양은 내일 떠난 연구원들이 어디로 갔는지 좀 알아봐 주고……"

그렇게 마무리 짓고 유천 일행은 해명 자료를 만들어 갔다. 시간이 얼마나 흘렀을까? 해명 자료가 마무리되어 갈 무렵, 어두웠던 사무실에 희미하게 불빛이 들어오고 있었다. 하루종일 신경이 예민해져 있던 유천 일행은 사무실 창밖으로 비춰지는 아침 햇살에 급격한 피로감이 몰려왔다. 자연스럽게 의자에 지탱한 몸이 뒤로 젖혀졌다. 한참을 그 상태로 움직임이 없던 그때, 찬식의 휴대폰을 울렸다.

"누구지, 이 이른 새벽에. 받아야 하나, 받지 말까?"

고민하는 찬식을 보던 오동이 뭔가에 홀린 듯 서둘러 말했다

"받아 봐라. 기자들이 이렇게 이른 새벽에 전화할 리 없다. 내 생각엔 연구원들을 도왔던 사람인 거 같은데? 뭔가 목적이 있겠지⋯⋯."

"여보세요?"

조심스럽게 말하는 찬식의 휴대폰 너머로 굵직한 남자의 목소리가 전해져 왔다.

"박찬식 박사님?"

"네 맞습니다만, 누구신지?"

"안녕하십니까? 저는 성삼전자의 이혁호라고 합니다. 어제 전화를 드렸어야 했는데 아무래도 경황이 없으실 것 같기도 하고, 전화도 안 받으실 것 같아서 오늘 이른 새벽에 전화를 드리게 되어 죄송합니다."

"갑자기 성삼에서 왜요? 무슨 일로?"

"다름 아니라, 어제의 일 때문에……. 사실 저희는 이틀 전 박사님을 해하려는 사전 정보를 입수했습니다."

"뭐라고요? 그럼 이 사건이 일어날 줄 미리 알고 있었다는 말이오? 그럼 미리 좀 알려 주던지, 왜 가만히 있었소? 지금 우리 심정이, 아니 내 심정이 어떤지 아시오?"

여태 큰 소리를 내 본 적 없었던 찬식이 벌겋게 달아오른 얼굴로 큰 고함을 치자, 옆에서 의자에 기댄 채 선잠을 자던 유천이 깼다.

"그 점 죄송하게 생각합니다. 총수님의 지시로 박사님의 연구와 관련하여 알아보던 중 우연히 알게 되었습니다. 박사님의 연구에 대한 관심을 가지고 있었던 총수님께서 어떻게 해서든 막아보려 시도하셨지만, 아시다시피 정치권이 뛰어든 상황에서 더 이상 막을 수 없었습니다."

"……."

너무 황당한 말에 아무 말 없이 찬식은 휴대폰을 든 채로 듣고만 있었다.

"그리고 정치권에 휘말린 이상 박사님의 연구를 비하하여 깎아내리는 모함이 끊임없이 펼쳐질 것이며, 결국 박사님의 연구가 하루아침에 물거품처럼 사라져 버리는 상황까지 올 것이라는 것이 총수님의 판단이었습니다."

"잠시만…… 근데, 어떻게 총수가 내 연구에 대해서 알고? 내 연구는 거의 비밀리에 진행되고 있었는데."

"그건 저희도 알 수가 없죠. 어느날 갑자기 지시가 떨어졌습니다. 5일 전쯤이었습니다만……."

그 말에 찬식은 부촌을 떠돌며 돌렸던 찌라시가 생각났다.

"아무튼 저희 쪽은 박사님, 후보님, 연구원들 그리고 우리도 미래를 위해 다 같이 살 수 있는 방안으로 이 방법을 선택했습니다."

"그 방법이 상황을 이 지경까지 몰고 왔단 말이오? 뭐가 다 같이 사는 방법이란 말이오?"

"……박사님 좀 침착하시고요. 그래서 제가 이렇게 전화를 드린 게 아니겠습니까? 흥분을 좀 가라앉히시고, 이제부터 잘 들어 보십시오."

"그래! 한번 말해 보시오."

도저히 흥분이 가라앉지 않는 듯 격앙된 목소리의 찬식을 의식한 듯 성삼의 사람은 천천히 부드럽게 말했다.

"우선 저희는 앞으로 박찬식 박사님과 함께 하기를 원합니다. 박사님이 저희 쪽 제안서에 사인만 하시면 나머지는 저희 쪽에서 막아 드릴 수 있습니다. 아마 곧 도착할 듯 싶은데……."

이 말이 끝남과 동시에 사무실 밖에 누가 왔는지 인기척이 들렸다. 젊은 여성이 가지고 들어온 서류 봉투에는 성삼과 찬식과의 일종의 계약서가 들어 있었다. 내용인즉 찬식의 연구를 성삼과 계속 진행하기로 하고 그 결과물을 성삼과 공동으로 소유한다는 얘기, 그리고 유천 후보 당선 후 미래 도시 건설 착수 시

무동력 장치에 관한 모든 건은 성삼이 관여한다는 등 등의 얘기가 적혀 있었다. 그 제안서를 본 찬식과 유천 일행은 무언가 모를 석연치 않은 느낌을 받았다.

"찬식아! 네가 사인한다고 이번 일이 무마될 것 같지는 않는데?"

걱정스런 표정의 오동과 경대가 한 마디씩 했다.

"좋소! 그럼 내가 사인한다고 칩시다. 그럼 어떻게 이 사건을 무마시킬 거요? 얘기나 한번 들어 봅시다."

이렇게 말하고는 찬식은 다들 들을 수 있도록 스피커 모드로 전환했다.

"우선 저희 측에서 언론에 발표할 것입니다. 박사님이 그동안 진행해 왔던 연구에 대해 깊은 관심이 있었으며, 그동안 알게 모르게 지원하고 있었다고 말입니다. 연구 결과 어느 정도의 실증 단계에 접어들었다는 것을 알았으며, 결국 박사님을 설득하여 박사님을 저의 측으로 모셔올 수 있었다는 식의 내용을 언론에 퍼트릴 겁니다. 제안서를 보신 바와 같이 박사님께서 동의만 해 주신다면 연구 결과는 저희와 공동 소유물이 됩니다. 저흰 그걸 이용할 겁니다. 박사님의 연구 결과는 공동 소유물로써 저희 측에서는 그 연구 성과에 대해 기업 비밀로 공개할 수 없다고 표명할 것입니다. 하지만 그걸로는 수많은 언론을 잠재우기는 역부족일 것임이 분명합니다. 어떻게든 연구의 일부분이라도 언론에 내놓아야 될 것인데…… 그건 나중에 박사님과 의논해서 적당한 선에서 마무리하여 언론에 내놓으시면 될 듯합니다. 대기업이 나서서 이렇게까지 하는 것을 보면 아마 대부분의 사람들은 믿을 수밖에 없을 겁니다."

그 말과 함께 성삼의 사람은 잠시 후 총수의 생각을 대변이라도 하듯 한마디 덧붙였다.

"그리고 기업인 저희 측에서도 박사님의 연구 성과를 공동 소유한다는 것 자체가 상당한 이익입니다. 수 년, 수십 년전에도 정치권과 기업들이 맞잡고 사장시킨 기술들을 많이 봐 온 총수님께서는 박사님의 연구가 사장될까 그것을 우려하셨습니다. 아마도 총수님께서는 먼, 아주 먼 미래를 생각하고 계신 듯했습니다. 참, 그리고 박사님의 연구원들은 이미 저희 쪽에서 모셨습니다. 걱정 마십시오."

이 말을 듣고 한동안 말없이 멍하니 서로의 얼굴만 보고 있던 유천 일행 중 오동이 제일 먼저 입을 뗐다.

"찬식아! 별 도리가 없다. 너 어차피 우리나라에서 이런 식으로 나오면 마무리 연구는 어떡할 건데? 아마도 너 선거 끝나고 나면 연구 지원해 주는 나라를 찾아 떠나려는 생각 아니었나? 아마 맞을 거 같은데. 이 나라에서 시작한 거 이 나라에서 끝내야 되지 않겠나? 다른 나라 먹여 살릴 기가? 이왕 이렇게 된 바엔 성삼에서 도와준다고 하니 그렇게 하자. 성삼도 좋고, 나라를 위해서도 좋고, 너를 위해서도 좋고, 우리를 위해서도 좋고!"

"……내 바람은 그게 아니다. 자잘한 기업 이익을 위한 연구가 아니란 말이다. 난 이 연구로 이 나라가 모든 나라의 중심에 우뚝 설 날을…… 모든 나라가 이 기술을 배우기 위해 우리나라에 엎드릴 그날을 기대하고 있었다고……."

"그래, 네 마음 이해한다. 하지만……."

괴로워하는 찬식을 보니 더 이상 누구도 말을 할 수 없었다. 그렇게 얼마나 시간이 흘렀을까, 드디어 찬식이 말을 꺼냈다.

"좋소! 그러면 이렇게 합시다. 연구는 나와 연구원들이 성삼에서 계속 진행하겠소. 하지만 연구가 끝나면 그 소유권은 내가 아닌 국가와 성삼이 공동으로 소유하는 걸로 합시다. 어차피 인간은 언젠가 죽게 될 터……. 기업과 인간 이건 너무 불공정하지 않소? 내가 죽으면 언제든지 성삼이 독점할 것인데, 그건 있을 수 없는 일이오."

그 말에 수화기 너머에서 만류하는 듯 다급한 목소리가 연이어 들렸다.

"총수님! 잠시만요……."

"박사님, 죄송하게 되었습니다. 제가 직접 전화드렸어야 되는데……. 박사님의 말씀, 감명 받았습니다. 박사님 같은 분들이 계시다니 꺼져가는 이 나라에 새로운 불빛이 될 수 있을 거라 확신합니다. 박사님의 말씀대로 하도록 하겠습니다. 향후 누가 대통령이 된다 하더라도 대통령의 직필 시인을 같이 받아내도록 하겠습니다. 그 점 믿어 주십시오. 2시간 안에 새로 만들어 보내 드리겠습니다. 그럼 동의하시는 걸로 생각하고 저희 쪽에서 빠르게 대처해 나가겠습니다. 참, 그리고 새로 만든 연구실도 한번 보러 와 주시면 감사하겠습니다. 저희가 준비한다고는 했는데 아직 부족한 점이 많아서……."

갑작스런 총수와의 대화에 유천의 사무실은 쥐 죽은 듯 조용했다.

"네! 총수님, 제 말을 들어 주셔서 감사합니다. 조만간 한번 드르겠습니다. 앞으로 잘 부탁드립니다. 제 연구원들도요……."

그렇게 전화를 끊고 난 다음, 찬식과 유천 일행은 전날 저녁부터 만들어 놓은 해명 자료를 기분 좋은 마음으로 찢어 버리고 달콤한 잠에 빠져들었다.

CHAPTER
5.

전화위복

이렇게 유천의 원대한 포부가 세상 밖으로 퍼져 나오면서 꺾였던 유천의 지지도가 다시 상승하기 시작했다. 그리고 지금껏 꿈쩍하지도 않던 여러 대기업 총수들의 전화가 빗발치기 시작했다.

"와! 이건 정말 전화위복이네. 천아! 성삼이라는 대기업이 널 밀어 주고 있다는 것이 이런 여파가 올지는 상상도 못 했는데?"

이제 모든 것이 순조롭게 될 것이라고 확신하며 함박웃음을 띤 오동의 말에 찬식의 얼굴을 살피던 유천이 걱정스러운 듯 말했다.

"근데 찬식아! 니는 좀 어떠냐? 좀 많이 섭섭할 것 같은데……."

"뭐, 어떻긴? 괜찮다. 아무튼 연구의 끝은 이 나라에서 볼 수 있게 됐잖아. 이 나라를 위해 한 연구인데 대기업에 넘어간다는 것이 좀 마음이 아프긴 한데, 어쩔 수 없는 일 아니가? 괜찮다."

괜찮다고는 하지만 찬식의 힘없는 말에 유천은 대통령이 된다면 찬식의 연구를 꼭 지켜내고야 말겠다고 다시 한번 다짐했다.

"자, 자! 이제 선거까지 보름 정도밖에 안 남았다. 다들 힘내자고!"

경대의 말에 유천 일행이 파이팅을 외치며 나갈 준비를 하고 있을 무렵, 전화벨 소리가 울렸다. 울리는 전화로 걸어가던 유진은 이제 전화 받는 게 귀찮다는 듯 퉁명스럽게 말했다.

"또 어디 기업인가 본데요? 받지 말까요?"

"아냐! 무조건 받아야지. 서로 지원해 주겠다는데 마다할 수는 없지. 내가 받을게. 유진 양은 나갈 준비하고 있어."

이미 준비가 끝난 경대가 천천히 걸어가 최대한 상냥한 목소리로 응대했다.

"정유천 사무실입니다."

"저…… 혹시 찬식 씨 계십니까? 찬식 씨와 나눌 얘기가 있는데……"

수화기 너머로 중년의 아리따운 여성의 목소리가 조심스럽게 경대의 귀에 전해져 왔다.

"누구시죠? 지금 찬식이가 좀 바쁜 상황이라……"

"아! 제 소개가 늦었네요. 전 찬식 씨랑 옛날 학문을 같이 탐구하던 사람입니다. 최유미라고 합니다. 계시면 바쁘시더라도 좀 연결 부탁드립니다."

왠지 보이진 않지만 긴장한 듯 떨리는 여성의 목소리에 경대는 자기도 모르게 찬식에게 수화기를 넘겼다.

"옛날 동료라는데, 최유미라고. 전화 한번 받아 봐라. 뭔 일 있는 것 같다."

수화기를 넘겨 받은 찬식은 '최유미'라는 이름에 옛 기억이 새록새록 솟아났다.

"오! 유미 씨 오랜만이네. 그동안 어떻게 지냈어?"

마치 옛 연인을 만난 듯 찬식은 들떠 있었다. 아마 찬식이 무동력 개발 장치의 연구에 몰두하지 않았다면 유미와 결혼을 했을 만큼 두 사람의 관계는 친밀했다. 한동안 그 둘은 서로의 안부를 물으며 옛 추억에 빠졌다.

"참! 찬식 씨 연구하던 거 잘 되어 가나요? 언론에서 난리던데, 어떻게 된 거예요?"

"음, 얘기하자면 긴데. 어쩌다 보니 이렇게 돼 버렸어."

"제가 묻고 싶은 거는 국가 지원 연구인 걸로 알고 있는데, 갑자기 성삼이 끼어 들어간 게 이상해서요."

"아! 그게……."

찬식은 유미에게 앞에 있었던 일에 대해 자초지종을 설명해 나갔다.

"그렇다면 다행이네요. 난 또 뭔가 상황이 이상해서……."

한동안 얘기를 듣던 유미의 안도한 목소리와 함께 뭔가 걱정이 있는 듯한 한숨 소리가 같이 들려왔다.

"참, 유미 씨 연구는 어때? 많이 힘들지?"

"우리도 연구 지원이 끊겨서 힘들어요. 갑자기 이러면 중단하라는 얘기밖에 안 되는데……. 다들 무슨 생각인지……."

"왜? 언제부터였는데?"

"얼마 되지 않았어요. 요 며칠 사이인데, 갑자기 들이닥쳐서는…… 그래서 지금 정리하는 중이에요. 조금만 더 하면 될 거 같은데……. 어디서 지원만 좀 해 준다면 좋겠지만……."

"아니, 그걸 그만 둔다고? 미쳤어? 십여 년간 해오던 연구를?"

"어쩔 수 없죠. 이 나라에서 안 받아주니 다른 데를 찾아 봐야죠……."

"안 돼! 안 그래도 물 부족 국가인데 무한대의 물을 생산할 수 있는 기술을 포기한다고? 이 나라를 위해서라도 안 돼! 무슨 방법이 있을 거야. 좀 기다려 봐!"

찬식은 유미의 연구를 잘 알고 있기에 절대로 포기할 수 없었다. 찬식이 무동력개발장치 연구에 몰두하고 있을 당시, 유미는 물 분자 분리, 합성에 대한 연구를 하고 있었다. 차차 물 부족 현상이 전 인류의 문제가 될 것임에는 틀림이 없었다. 유미의 연구는 거기에 맞게 생활 하수 및 오수에서 나온 물 분자(H_2O)를 수소(H)와 산소(O)로 분리시켜 대기로 흘러 보내고, 대기 중에 있는 산소와 수소를 합성하여 언제든지 깨끗한 물을 만들어 먹을 수 있도록 하는 연구였다. 전 인류를 구원해 줄 그런 가치 있는 연구였다. 유미의 연구가 완성된다면 향후 미래 도시 건설에 상하수도관 매설이 필요 없는 가장 깔끔한 도시 건설이 가능해질 수 있었다. 찬식의 무동력으로 인한 전기 동력선과 함께 유미의 물 분자 합성 분리로 인한 상하수도관이 없어지면 모든 도시는 지상뿐만 아니라 지하에서도 걸림이 없는 가장 깔끔한 도시로 다시 재탄생할 수 있었다. 이를 알기에 어떻게 해서든 유미를 도와주고 싶은 찬식은 유천에게 유미의 상황을 설명하며 도움을 청했다.

"천아! 이왕 도움 받은 김에 조금만 더 도움 받으면 안 될까?"

"그런 정도의 연구라면 당연하지. 이 나라를 위한 일인데, 성삼에 다시 한번 연락해 볼까?"

옆에서 듣고 있던 오동이 급제동을 걸었다.

"성삼은 안 돼! 찬식의 연구를 독점하고 있는 성삼이 그것까지 가져간다면 이 나라는 성삼의 나라가 될 게 뻔해. 다른 데를 찾아보자고."

"다른 기업들이 찬식이 말고 다른 박사의 연구에 대해 받아줄까? 확신 없이는 안 될 거 같은데?"

"NG는 어때? 아마도 성삼이 찬식의 연구를 가져간 것에 대해 불안해 할 텐데……."

"그래! 내가 연락해볼게."

찬식은 곧바로 NG기업 총수에게 전화를 했다. 그렇게 곧 NG기업 총수와 유미, 찬식의 대면 자리가 마련되었고 NG기업의 후원을 받게 된 유미 박사의 연구도 미래 도시 건설 계획과 함께 활기를 찾아갔다.

한편 유천의 지지도가 급상승하자 여야에선 유천을 막기 위해 온갖 방법을 모색 중이었지만, 특별히 걸릴 것 없던 유천을 막을 방법이 없었다.

그러던 중 한 사건이 일어났다. 갑자기 유천에게 날아온 고발장, 가정 폭력에 대한 고발장이었다. 결혼도 하지 않은 유천 앞으로 온 가정 폭력에 대한 고발장을 본 유천 일행은 당황했지만, 유천은 이미 어느 정도 예상하고 있었던 일이었다.

사실 유천에게 어린 조카를 두고 일찍 돌아가신 삼촌네가 있었다. 홀로 조카를 키워가면서 힘들게 생활하시는 숙모와 너무 어린 나이에 아버지를 잃어버린 조카, 아버지의 부재 탓일까? 그 조카가 중학교를 들어서면서부터 자주 엇나가기 시작했다. 그래서 유천은 시간이 날 때마다 숙모네를 들러 조카와 얘기도 많이 하고 돌봐 주고 있었다.

그날도 본격적인 선거 유세에 앞서 시간이 날 것 같지 않아 마지막으로 조카를 보기 위해 숙모네를 들렀다. 늦은 시간이었는데, 숙모네 집 근처에부터 둔탁한 소리와 함께 고함 소리가 흘러나왔다. 뭔가 불길한 예감에 숙모네 집으로 뛰어 들어간 유천의 눈엔 마루 구석에 쓰러져 있는 숙모와 그 옆으로 여기저기 널려 있는 주방 집기들, 그리고 사발 그릇을 집어 던지려는 분노에 찬 조카가 보였다.

순간 이성을 잃은 유천은 조카에게 달려들어 제압하면서 수차례 뺨을 때렸고, 조카는 아무 말 없이 집을 뛰쳐나갔다. 밤 늦게까지 숙모네를 정리하고 집으로 돌아 왔는데, 다음 날 아침 조카의 학교 담임에게서 학교로 오라는 전화가 왔다.

유천은 '또 무슨 사고를 쳤는가보다.'라고 생각하고 숙모가 걱정할까 봐 알리지 않고 혼자 조카의 학교를 찾아가 담임을 만났다.

"바쁘신 와중에 이렇게 학교로 오시게 해서 죄송합니다."

심각한 얼굴의 담임을 보니 유천은 조카가 뭔가 큰 잘못을 했을 거라 생각했다.

"아닙니다. 무슨 일로? 무슨 일인지는 몰라도, 아직 직한이가 철이 없고 아버지를 일찍 여의어서 그런 거니 이해를 좀 해 주십시오. 제가 잘 타이르겠습니다, 선생님!"

잠시 말이 없던 선생님은 무거운 입을 열었다.

"그런 게 아니라 아침 조례 시간에 직한이의 얼굴을 보니 얼굴이 퉁퉁 부어 있고 멍이 잔뜩 들어 있어서 제가 불러서 물어 봤더니 어제 저녁에 작은아버지에게 맞아서 그랬다고 하더라고요. 그런데 때마침 교육청에서 점검 나와 이를 본 교육청 직원이 철저히 조사해서 보고하라고…… 그래서 제가 작은아버님을 학교로 오시라 한 겁니다."

"휴! 난 또 뭐라고요. 직한이가 무슨 사고 쳤는 줄 알았습니다. 어제 집에서 좀 일이 있어서 제가 훈육 차원에서 매를 좀 들었습니다."

"네, 그러시겠지요. 작은아버님께서 아무런 이유 없이 애를 때리실 분이 아니라는건 저도 압니다만……."

잠시 할 말을 중단하던 선생님이 말을 이어갔다.

"하지만 저희 입장에서는 요즘 아동 학대, 가정 폭력에 대한 이런 법들로 인해 학교 차원에서 애들이 상처를 입고 오는 다음 날 가만히 있기는 힘들거든요. 특히나 교육청에서 알아 버려서…… 더욱이 직한이처럼 얼굴에 난 커다란 멍들은 가정 폭력으로밖에 볼 수 없는 상황이라……."

"잠시만요! 자식이 잘못하면 자식을 바로 세우고 가르쳐야 될 사람인 부모가 아이에게 훈육 차원에서 매를 든 것이 가정 폭력이라는 말씀은 좀 지나친 말씀 아닌가요?"

"그렇죠. 일반 상식적인 일이지요. 하지만 법이 그런 걸 어쩌겠습니까? 아시다시피 지금은 저희 선생들조차도 아이들에게 훈육 차원에서 매를 들지 못하고 있습니다. 아시잖습니까? 그러면서 저희들의 교권도 같이 무너진 거고요. 학교에서 체벌이 없어진 지도 꽤 오래되었습니다."

"그건 저도 심려스럽게 생각하고 있습니다만, 그럼 이제 더 이상 가정 교육도 못한단 말입니까? 학교에서 바른길로 인도하지 못한다면 집에서라도 부모들이 잘못하면 잘못됐다고 알려주고 바른길로 인도해야 할 의무가 있는 거 아닙니까? 그 과정에서 체벌이 좀 있었다고 한들, 그게 그릇된 일이라고는 생각이 안 됩니다만……."

"저도 작은아버님 말씀 깊이 동의하고 있습니다만, 저희 입장에서 이번 일은 좀…… 더욱이 교육청에서 알아 버린 사실이라…… 저도 일단 교장 선생님과 교육청에 잘 말씀드려 보겠습니다만, 어떻게 될지는……."

담임의 말을 들은 유천은 어이없는 표정을 지었다.

"그럼 어떻게 하신다는 말씀이신지?"

"……아마 최악의 경우에는 작은아버님 앞으로 고발장이 갈수
도……."

"그럼 그렇게 하세요."

학교를 박차고 나오는 유천은 마치 이상한 나라의 앨리스처럼
딴 나라에 있는 듯한 느낌을 받았고, 상식이 통하지 않는 이 나
라를 만든 사람이 누구인가? 어디서부터 잘못된 것인걸까? 라
는 고민을 하면서 다시 한번 이번 선거에 대한 굳은 결심과 생각
을 바로 잡았다.

이런 전후 사정을 전해 들은 유천 일행은 흥분했다.

"아니 그럼 뭘 어쩌라는 거야? 미래를 짊어지고 나아가야 할
아이들을 학교에서도, 집에서도 인성 교육 할 수 없다면 그 미래
는 어떻게 되겠어? 최소한 도덕적인 일반 상식은 어릴 때부터 가
르쳐야 몸에 배이는 건데……."

격분한 경대가 현 시대를 한탄하며 한소리했다. 거기에 맞춰
유진도 동감하듯 말했다.

"하긴 요즘 극도의 개인주의로 빠져들고 있기는 해요. 저희 세
대도 그렇거든요. 당장 저를 봐도 그렇죠. 친구들과 무리지어 놀
러 다니던 때가 언제였던지 기억이 안나요. 심지어 밥도 요즘 혼
자서 먹는 사람 많아요. 아저씨들 세대랑 완전히 다르죠."

그렇게 찬식의 일이 불거지고 얼마 되지 않아 유천은 이 사건으로 언론의 직격탄을 맞기 시작했고 이 사실을 안 여·야에서는 축제의 파티가 벌어졌다.

선거일이 얼마 남지 않은 시점에서 국민들의 여론이 급격히 갈라지기 시작하면서 각 언론사들이 유천의 사무실로 밀려왔고, 유천은 언론과 방송사를 통해 대국민 사죄와 함께 해명을 하기에 이르렀다.

국민 여러분 심려를 끼쳐드려 죄송합니다. 항간에 떠돌고 있는 저에 대한 소문에 대해 얘기를 드리려 합니다. 우선적으로 말씀드리면, 그 소문은 사실 맞습니다. 네, 사실입니다. 누추한 변명일지 모르겠지만, 이 한 가지만 저는 말씀드리고 싶습니다. 잘못된 길을 걸어가고 있는 자식이나 아이들을 보고서도 그 아비, 어미, 어른들이 바로 잡아 주지 못한다면 그게 부모이며 어른이라고 할 수 있습니까? 물론 순간의 화를 참지 못하고 때린 제가 잘 했다고 생각하진 않습니다. 언제부터 이 나라의 새싹인 아이들, 청소년들이 나쁜 짓을 하는 걸 보고서도 어른들이 모른 채 아이들을 피해 다니는 세상이 되었습니까? 20~30년 전 제가 어릴 때까지만 해도 그렇지 않았습니다. 아무리 불량한 학생들이라 할지라도 어른들, 선생님들에게까지 반항하며 대들지는 않았습니다. 그게 가정에서부터, 학교로부터 배워오던 어른들에 대한 공경심 아니겠습니까? 지금은 어떻습니까?

얼마 전에도 이런 안타까운 소식이 있었지요. 많은 이들이 지나다니는 길거리에서 담배를 피우던 학생들에게 훈계를 했던 할아버지, 그 할아버지 지금 어디 계시지요? 병원에 누워 계십니다.

또 이런 일도 있었지요. 길에서 한 사람이 갑자기 쓰러지자 지나가던 한 행인이 급하게 심폐소생술을 했는데 갈비뼈가 나갔다고 심폐소생술을 한 사람을 고소했던 사건. 그리고 패소하여 보상금을 지급해야 했던 사건 말입니다.

이게 말이 된다고 생각하십니까? 심폐소생술을 하지 않았다면 그 사람은 죽었을 것입니다. 그리고 심폐소생술을 하다 보면 갈비뼈가 나가는 일은 비일비재한 일이고요. 물에 빠진 사람 구해 줬더니 보따리 내놓으라는 격이지요.

상식적으로 있을 수 없는 일들이 지금 벌어지고 있습니다. 우리들이 알고 있던 상식들은 다 어디로 사라진 겁니까?

요즘 사건 사고를 보면 비상식적인 일들이 많이 일어납니다. 누가 봐도 잘못된 일을 법적으로 잘못이 아니다. 어쩔 수 없다. 이게 뭡니까? 지난 몇 십 년간 국회 의원들의 자기 실적 쌓기, 또 국민을 위한다는 핑계로 권력자들과의 맞잡은 의원들이 그들만의 리그를 만들기 위해 무차별로 만든 법들, 저는 이런 잘못된 법들이 문제라고 생각합니다.

아무리 좋은 법이라 할지라도 그 법망을 피해가는 사람은 반드시 있습니다. 지금 이 사회를 보면 상식적으로는 잘못된 일이라 할지라도 법적으로는 합법이라 처벌할 수 없는 일, 그리고 상식적으로 보면 올바른 일이라 할지라도 법적으로는 처벌을 받는 일도 비일비재합니다.

그렇다 보니 지금 이 사회를 보면 다들 이런 생각들을 하시는 겁니다. 불똥이 언제 자기한테 튀어 올지 모르니 괜히 남의 일에 신경 쓰지 말자, 내 할 일만 하자, 모른 척 지나가자.

국민 여러분, 어떻게 생각하십니까?
다들 이렇게 생각 하시지 않으십니까?

한 가지 더 말씀드리겠습니다. 학교가 무엇입니까? 미래를 짊어지고 나아갈 아이들이 제일 처음 접하는 사회생활입니다. 아이들의 교육과 함께 인성과 덕성을 가르치는 곳입니다. 하지만 지금 체벌 금지로 인한 부작용이 심각한 수준입니다. 교육 못지않은 인성과 덕성을 가르치기에는 당연히 체벌은 필요하다고 생각됩니다만, 언제부터인가 그 체벌이 금지되었고, 체벌 받은 아이들이 비상식적으로 선생님을 신고하면서부터 학생들을 이끌어 나가야 될 선생님들이 학생들에게 끌려다니기 시작했습니다. 수업 시간에 자고 있는 학생을 깨우지도 못 하는 그런 못난 선생님이 되어 버린 것입니다. 그러면서 교권이 무너졌고, 이젠 가정 폭력 금지라는 명목 하에 부권, 모권이 무너져 가고 있습니다.

이런 상황에서 이제 어떻게 해야 할까요?

지금 상태에서 모든 법을 뜯어 고친다는 건 엄청나게 어려운 일입니다. 그래서 저는 대통령이 된다면 사회 통념법을 제정하려 합니다. 모든 국민들을 일반 상식에 따르게 하는 겁니다. 누가 봐도 잘못됐으면 처벌하고, 비록 잘못됐다 하더라도 상식적으로 어쩔 수 없었다 생각되면 처벌을 면하게 해 주는 그런 법을 만들어 모든 국민들이 상식이 통하는 그런 사회를 이끌어 나가려 합니다.

국민 여러분 믿어 주십시오.
다시 한번 국민 여러분께 심려를 끼쳐드려 죄송합니다.

유천의 기나긴 연설을 보고 들은 시민들은 여기저기서 '그래 맞아, 언제부터인가 참 살기 팍팍해졌어. 그래, 그래.'라고 하며 고개를 끄덕이며 동감한다는 표정을 지었다.

그 이후 가라앉았던 유천의 지지도는 다시금 활력을 받아 더욱 올라가기 시작했고, 알게 모르게 유천의 당선은 이미 확실시 되고 있었다.

마침내 선거 이틀 전으로 다가왔고, 당선이 확실시 되는 유천에게 손을 뻗는 이들이 많았다. 그중 한 명, 아주 특별한 한 명이 유천에게 긴밀히 접촉해 왔다. 이른 새벽부터 선거 사무실로 찾아온 건장한 한 중년의 남자, 거무칙칙한 얼굴 밑으로는 꽤 오래 단련한 듯 보이는 탄탄한 체격이었다. 유행이 한참 지난 오래된 검은 정장을 입고 있었지만 꽤나 잘 어울렸다.

"죄송합니다. 이렇게 이른 시간에 불쑥 찾아와서……. 오해하지 마시고 들어 주시기 바랍니다. 저는 북에서 온 사람입니다. 은밀히 말하자면 남파된 스파이이기도 하고요……."

그 말을 들은 유천 일행은 소스라치게 놀랐다. 우리나라에 북측 스파이가 있을 거라고는 생각하고 있었지만 그중 한 사람이 바로 앞에 있고, 유천을 찾아왔다는 생각에 덜컥 겁이 나 아무 말도 할 수 없었다.

그 상황을 이해할 수 있다는 듯이 최대한 예의를 갖춰 그 남자는 말했다.

"그렇게 긴장하지 않으셔도 됩니다. 제가 여기를 찾아온 이유는 차후 대통령이 되실 분에게 위대하신 수령님의 지시를 받들기 위해 온 것뿐입니다."

정중한 남자의 말에 정신을 차린 유천이 물었다.

"수령님이라 함은? 김정은 위원장님 말씀입니까?"

"네!"

"저 같은 사람에게? 왜요?"

"사실 저의 임무는 남한에서 일어나고 있는 일들을 주기적으로 보고하는 일이지요. 이번 선거건도 같은 일로 보고하고 있었습니다. 저도 놀랐습니다. 십수 년간의 보고에도 관심 없던 북에서 지시가 내려왔습니다."

갑작스런 북에서의 지시라는 말에 깜짝 놀라 유천은 자리를 박차고 일어났다.

"혹시……."

놀란 유천을 보곤 그는 피식 웃어 보이며 걱정하지 말라는 손짓으로 말했다.

"걱정하지 마십시오. 절대 아닙니다. 제가 암살이나 납치를 하러 왔다면 이렇게 당당히 걸어 들어왔겠습니까?"

"하긴 그렇긴 하네요. 하하하."

"그럼 도대체 무슨 일로?"

멋쩍게 웃는 유천에게 환한 웃음을 띄우며 그는 북에서 내려온 지시에 대해 설명하기 시작했다.

"저희 수령님께서 당신의 미래 도시 건설에 대해 많은 관심을 보이시고 있습니다. 오늘 한번 만나 뵙기를 원하십니다."

"오늘이요? 좀 힘들 거 같은데. 선거 끝나고는 안 되나요? 하긴 내가 당선되지 않으면 쓸데없는 일이겠네. 내가 당선될지 안 될지 모르는 일인데, 미리 저를 만나려고 하는 이유가 뭘까요?"

"그야 저도 잘 모르죠. 수령님께서 하시는 일이라……."

그러고는 서로 아무 말 없이 잠시 동안 침묵이 흘렀다.

"저녁 12시 제가 모시러 오겠습니다. 제발 부탁드립니다. 그래야 저도 가족이 있는 북으로 돌아갈 수 있습니다. 가족을 못본 지 벌써 십수 년이 흘렀습니다."

북에서 온 남자의 안타까운 얘기에 유천은 생각할 겨를도 없 이 승낙해 버렸다.

"그렇게 하시죠. 그럼 사무실에서 기다리고 있겠습니다."

"감사합니다. 나중에 뵙겠습니다."

유천의 사무실을 빠져나가는 그 남자의 발걸음이 무척 가벼워 보였다.

어느덧 선거 일정을 끝내고 사무실로 온 유천은 김정은 위원 장을 만나러 가는 자리가 영 신경 쓰였다.

"뭐라도 선물 준비해야 되나? 어쩌지?"

"뭘 어째? 그냥 부닥쳐 보는 거지. 뭔 얘기 할지도 모르는 데……."

말은 그렇게 하지만 경대도 신경이 쓰이는지 양다리를 떨기 시 작했다.

"만나자고 한 사람이 뭔가 준비하겠지. 유천이가 당선된 것도 아닌데 우리가 뭘 준비하겠어? 그냥 기다리자고!"

한참을 그렇게 서로 신경 쓰이는 듯 유천은 아무 말없이 책상 앞에서 볼펜만 돌리고 있었고, 찬식은 쇼파에 앉아 마치 잠이라 도 자는 듯 눈을 감고 있었으며, 경대는 의자에 앉았다, 일어났 다를 반복하고 있었다. 그중 유진은 오랜만에 정적이 찾아온 이 시간을 즐기듯 가장 편안한 자세로 과자를 뜯어 먹으며 TV를 보고 있었다.

그렇게 몇 시간이 흘러 드디어 그 남자가 사무실로 찾아왔다.

"늦은 시간 죄송합니다. 인적을 피해야 했기에 어쩔 수 없었습니다. 북에서도 출발했다고 연락이 왔습니다. 이제 출발하시지요."

그제서야 정신을 차린 듯 유천은 옷을 주섬주섬 챙겨 입었다. 유진이 따라나서는 걸 본 남자는 조용히 유천에게 말했다.

"죄송하지만, 여자분은 빼고 가시는 게 좋을 듯합니다."

"네? 우리 식구인데요? 같이 가도 별 탈 없을 겁니다."

"그래도 좀 조심스럽고 긴밀한 만남이라⋯⋯ 솔직히 가능한한 유천님만 모셔가고 싶었습니다."

그 말을 들은 유진은 웃는 얼굴로 유천의 등을 떠밀면서 말했다.

"전 괜찮아요! 다녀오세요. 간만에 TV나 보며 휴식 좀 취하고 있을게요. 조심히 다녀오세요."

그렇게 유천 일행은 태연한 듯 홀로 TV 리모컨을 만지작거리는 유진을 남겨두고 북에서 온 그 남자를 따라 나섰다.

사무실 앞에 대기 중이던 검은색 그랜저 한 대, 한때 부의 상징으로 알려진 그 사각 모양의 그랜저! 지금은 거의 찾아 볼 수도 없는 차지만, 반짝반짝 빛나는 모양새와 차 안의 청결 상태로 봐서 그동안 얼마나 관리를 잘했는지를 보여 줬다.

"걱정하지 마십시오. 오래된 차지만 아직까진 잘 나갑니다. 안

전하게 모시겠습니다."

그렇게 한참을 지나 서울을 벗어났고, 한적한 길로 접어들었다.

"이제 차량이 거의 없는 한적한 길로 들어왔습니다. 아직 한참 더 가야 합니다. 피곤하실 텐데 여기 커피라도 좀 드시지요."

피곤해 보이는 유천 일행에게 캔 커피를 건넸다. 마침 피곤하기도 하고 그냥 멍하니 앉아 있는 것도 뭐해서 유천 일행은 차창 너머의 바깥을 구경하며 그 남자가 준 커피를 마시기 시작했다.

얼마 더 가지 않아 옆과 뒷좌석을 확인해 보는 남자는 푹 골아 떨어져 자고 있는 유천 일행을 보며 안심한 듯 차량을 돌려 다른 곳으로 향하기 시작했다.

한참 후,

"일어나시지요. 도착했습니다."

흔들어 깨우는 그 남자의 말에 순간적으로 정신이 든 유천은 놀라 자리에서 벌떡 일어나다 차 천장에 머리를 박았다.

"죄송합니다. 이 장소는 극비리의 장소라…… 아까 드린 커피에 약간의 수면제를……."

그 남자는 양손에 유천 일행의 휴대폰을 들어 보이며 말했다. 무언의 압박을 받은 유천 일행은 불안에 떨며 서로의 상기된 얼굴을 번갈아 쳐다보기 시작했다. 불안해하는 유천 일행을 의식한 남자는 유천 일행에게 안심이라도 시키듯 부드럽게 말했다.

"걱정하지 마십시오. 여러분들이 생각하시는 그런 일은 절대로 생기지 않을 겁니다. 믿으셔도 됩니다. 자! 이제 내리시지요.

수령님께서 기다리고 계십니다."

차에서 내린 곳은 주위에 나무 이외에는 아무것도 없고 길도 나 있지 않은 깊은 산 중턱이었다. 한참을 걸어가다 보니 나무들 사이로 희미한 불빛이 보이기 시작했고, 이내 통나무로 지은 작은 나무집이 한 채 보였다.

나무와 풀숲을 헤치며 가는 사이사이에서 유천 일행은 누군가가 그들을 바라보고 있는 듯한 느낌과 함께, 야생 동물의 눈빛이랄까 그런 빛들이 주위에 수없이 깔려 있음을 알아챘다. 유천 일행은 불안에 떨며 조심스럽게 그 남자를 따라 그 집 안에 들어섰다.

CHAPTER
6.

심야의 만남

슬그머니 문을 열고 들어간 유천 일행 앞으로 벽난로 의자에 눕듯이 기대어 앉아 있는 김정은 위원장이 보였다. 화면상으로만 봐 왔던 김정은 위원장의 실물을 본 유천은 어린 나이에도 불구하고 흘러넘치는 위엄과 풍채에 자신이 위축되고 있음을 느꼈다.

"반갑습니다, 유천 동지. 이쪽으로 앉으시오."

환하게 웃음 지으며 유천을 맞이했다.

"거기 뭐하네?"

김정은 위원장의 말에 주위에 깔려 있던 모든 사람들이 재빨리 움직이며 다과를 준비하기 시작했다.

"갑작스레 이렇게 보자고 한 거 이해해 주시오. 궁금하면 못 참는 성격이라……."

"아! 네! 괜찮습니다. 언제 제가 위원장님을 뵐 수 있겠습니까? 저에겐 위원장님을 만난다는 것 자체가 영광이지요."

"그렇게 생각해 주신다면야 저야 고맙지요. 오시는 길에 우리 애들이 무례하진 않았나? 심히 걱정입니다만……."

"어쩔 수 없는 일 아니겠습니까? 이렇게 위원장님을 만난다는 것 자체가 비밀인데, 밖으로 새어 나가면 안 되는 일이지요."

"하하하. 유천 동지에 대한 남한의 소식을 잘 듣고 있습니다. 생각컨대 유천 동지가 당선될 확률이 아주 크다고 생각됩니다."

"과찬의 말씀입니다. 아직은 아무도 알 수 없는 일이지요."

"그래서 말입니다만……."

이때 마침 아주 잘 우려낸 차가 나왔다. 차가 나오기 전부터 향기로운 냄새가 온 집안에 진동했다.

"자, 유천 동지! 우선 차부터 드셔 보시지요. 요즘 건강이 좀 안 좋아져서 제가 자주 찾아 먹는 차입니다."

한 모금을 마신 것뿐인데 여지껏 먹어 보지 못한 어마어마한 향기가 유천의 입과 콧속으로 파고들었다.

"와! 정말 대단하네요. 이렇게 진한 향이 나올 수 있다니, 처음 느껴보는 향입니다. 너무 좋네요. 저도 찾아 먹어야겠습니다. 하하하."

"송로버섯으로 우려낸 차입니다."

그 말을 들은 유천과 오동, 찬식, 경대는 매혹적인 향에 빠져 도대체 얼마나 많은 양의 송로버섯으로 우려냈을까, 이 한잔의 가격이 도대체 얼마나 나갈까하며 앞으로 더 이상 마셔보지 못할 차가 될 거라는 생각으로 한 모금, 한 모금에 그 매혹적인 향을 느끼고 간직하려 노력했다.

"제가 유천 동지를 여기로 모신 이유는 직접 물어보고 듣고 싶은 게 있어서 그랬습니다."

김 위원장의 말에 송로버섯의 깊은 향에 빠져 허우적거리던 유천이 정신을 차린 듯 말했다.

"아! 죄송합니다. 정신이 잠시 나가 있었습니다. 향이 너무 좋아서……. 말씀하시지요."

"우리 당원의 말로는 남북 합작해서 미래 도시를 건설할 계획이라고 하는 것 같던데?"

"네. 맞습니다. 위원장님께서 동의만 해 주신다면 가능한 이야기입니다."

"도대체 어떻게 할 계획인지 좀 듣고 싶습니다만……."

"그건 제가 설명하는 것 보다 여기 있는 조경대 박사가 설명하는 게 더 나을 것 같습니다. 경대야!"

유천의 옆에서 지긋이 차향을 즐기던 경대는 아쉬운 듯 찻잔을 내려놓고는 지금 한창 진행 중인 찬식의 연구, 그리고 유미의 연구에 대해 간단히 설명을 하고는 그것을 이용한 남북 국토 재건설 계획, 남북 주민 대이주에 대해 상세히 설명해 나가기 시작했다. 한참을 듣고 있던 김정은 위원장이 관심을 보이며 좀 더 깊이 물었다.

"그럼 그 연구는 지금 어느 정도까지 와 있습니까? 몇 년이나 걸릴지 모르는 일인 것 같은데, 유천 동지 임기 내에 가능한 얘기입니까?"

김정은 위원장의 말에 찬식이 입을 열었다.

"네, 사실 좀 더 시간은 걸릴 듯합니다. 내년 하반기쯤에는 끝나지 않을까 생각됩니다. 유천이 당선되고 위원장님께서 동의만 하신다면 바로 실행 가능할 것입니다."

"만약 두 분 박사님의 연구를 빼고 하는 재건설은 어떻습니까?"

"그건 좀⋯⋯."

위원장의 말에 유천이 대답했다.

"사실 최첨단 미래 도시 건설이 아니고서야 남북의 국토를 갈아엎을 필요는 없다고 생각합니다. 제 생각은 앞으로 자원 고갈, 환경 문제 등을 생각하면 꼭 두 박사님의 연구를 집약해서 건설해야 미래에 이 나라가 살아남을 수 있을 것입니다. 생각해 보십시오. 전기를 사용하지 않는 도시 그리고 생활 오폐수가 나오지 않는 도시, 무한정 솟는 깨끗한 물, 깨끗하고 정리된 도시, 그렇게 점차 강대해져 나가겠지요. 아마 미국도 우리나라를 어쩌지 못할 만큼 강대한 나라가 될 것입니다. 미국도 이미 자원 고갈로 심각한 고민에 빠져 있지요. 그들도 우리의 기술을 배우기 위해 언젠가는 무릎 꿇을 것입니다."

그 강대한 미국이 무릎을 꿇을 것이라는 유천의 말에 김 위원장은 먹이를 찾아 나서는 매와 같이 번쩍이는 눈빛으로 유천을 바라보며 물었다.

"그럼 앞으로 내가 어떻게 하면 됩니까?"

"아까 경대가 설명드렸다시피 우선 국토 재건설을 위해 남북을 전부 갈아엎을 것입니다. 그러기 위해 제 계획은 북한에 남한의 국민들이 전부 이주 할 수 있도록 북한에 임시 거처를 전부 마련하는 것이지요. 물론 산업 단지들 전부를 말입니다. 그러기 위해서는 위원장님의 동의가 아닌 승낙이 필요합니다."

"그럼 내가 만약 승낙했다고 치고, 그렇다면 그 많은 건설 비용은 어떻게 충당할 생각이오?"

"이것 또한 위원장님의 승낙이 필요한 사항입니다. 물론 남한의 재정을 모두 끌어다 모을 것이지만, 택도 없는 금액이지요. 그래서 저는 북에 매장되어 있는 희토류 및 석유를 채취, 가공, 수출하여 건설 비용을 충당하려 합니다만…"

"아니? 어떻게 우리 북에 희토류와 석유가 매장되어 있다는 걸 알았소? 그걸 알았다 한들, 어려운 일입니다. 사실 우리도 지금 어찌해 보려 해도 중국과의 관계 때문에…… 아시지 않소!"

"물론 알고 있습니다. 하지만 충분히 헤쳐 나갈 수 있으리라 생각됩니다."

"음……."

심각한 고민에 빠진 듯 한동안 말 없던 김 위원장이 마지막으로 물었다.

"그럼, 모든 것이 순조롭게 진행되어 남한의 주민들이 북으로 이주해 왔다고 칩시다. 그럼 내 위치가 위험스러워 보이는데……."

"네, 저도 그렇게 생각하고 있습니다. 제 생각은 북한을 이등

분해 임시 거주지를 만들고 남한 주민 거주지를 북한 주민 거주지와 분리시켜 놓는다면 위원장님의 통치 구역도 좁아지고 편하실 듯 합니다만……."

"그렇긴 하겠지만……."

아마도 체제 붕괴를 의식한 듯 꺼림칙한 표정의 김 위원장은 섣불리 답을 내리지 못했다.

"믿어 주십시오. 위원장님! 이 건설이 끝나면 남북이 동시에 엄청난 강대국으로 다시 태어나게 될 것입니다."

한참을 고민에 빠져 있던 김 위원장은 결심이라도 한 듯 손을 내밀며 웃으며 대답했다.

"좋습니다. 내 유천 동지를 한번 믿어 보지요."

한동안 유천과 김 위원장의 기분 좋은 이야기가 이어졌고. 어느덧 헤어져야 할 시간이 다가오자 김 위원장이 유천에게 작은 물건을 건네주며 말했다.

"유천 동지! 이거 받아 가시오. 위성 전화요! 나중에 또 통화합시다. 조심히 살펴 가시오."

그렇게 마지막 인사를 하고 나오는 유천의 얼굴에 희미한 햇살이 비쳐오고 있었다.

"어느새 동이 텄네. 그렇게 오래 있었나?"

한결 가벼워진 마음으로 속삭이듯 말을 하는 유천을 바라보며 오동이 아쉬운 듯 말했다.

"그러게, 오늘은 정말 뜻깊은 날이 될 거야. 천이 네가 대통령이 되어서 만났으면 더 좋았을 텐데……."

뜻밖에 김정은 위원장을 만나 자신의 계획에 동의를 받아낸 것 자체가 유천에게는 의미 있는 하루였다. 사실 앞으로의 일에 있어 가장 어렵고 힘든 일을 제일 처음 해결하게 될 것이라고는 아무도 생각하지 못했다. 그런 걸 생각해 보면 장차 유천에게 일어날 일들이 탄탄대로처럼 순탄하게 흘러가리라 유천 일행은 생각했다.

통나무집을 나오니 주변을 감시하던 그 많은 경비 요원들의 눈빛이 어느 순간 어디로 사라졌는지 아무것도 느껴지지 않았다. 유천 일행 앞에는 유천을 데리고 왔던 그 남자가 홀로 서 있었다. 남자를 따라 30여 분을 산속을 비집고 걸어 나오니 밤에 타고 왔던 그 차가 앞에 나타났다.

"감사합니다. 덕분에 저도 이제 집으로 돌아가겠습니다. 피곤하실 텐데 편하게 쉬고 계십시오. 제가 안전하게 모셔다 드리겠습니다."

연신 굽신거리며 유천에게 인사했다.

"참! 커피 있으면 주세요. 또 우리 자야 되겠죠? 하하하."

농담반 진담반으로 오동이 말했다.

"하하하. 앞 좌석에 커피가 있으니 마음대로 드십시오. 참, 이번에는 수면제 그런 거 없습니다. 수령님께서 굳이 그럴 필요가 없다고 하셔서……."

남자의 말에서 김정은 위원장의 믿음이 얼마나 큰지 가슴속 깊이 느껴졌다.

그 시각, 아침이 밝아오는 시간인데도 돌아오지 않는 유천 일행을 걱정하던 유진은 전화를 걸어 봤지만 다들 전화가 꺼져 있는 상태였다. 유천 일행이 나간 이후 걱정이 된 유진은 밤새 자지도 못 하고 뜬 눈으로 텔레비전을 멍하니 쳐다 보며 밤을 지샜다.

한편 유천은 그렇게 2~3시간을 한적한 시골길을 달려 서울 시내로 들어오니 어느덧 아침 출근 시간대였다. 유천은 도로가 한도 끝도 없이 막히는 교통 체증 현상을 보고는 미래 도시 건설의 필요성을 재차 확인했다. 어느새 사무실로 도착한 유천 일행, 퀭해진 유진의 얼굴을 바라보며 경대가 장난치듯 말했다.

"유진 양! 밤새 텔레비전 봤구나? 좋았겠네, 간만에. 하하하."

"아이! 장난치지 마세요. 얼마나 걱정했는데요. 그건 그렇고, 어떻게 됐어요? 무슨 얘기를 했는데요?"

"일단 얘기는 잘 됐고, 생각보다 김 위원장 엄청 쿨하던데? 일단 잠 좀 자자고. 옛날 몸이 아니네. 30대만 하더라도 이틀 밤을 새도 멀쩡했는데 말야."

말이 끝나기 무섭게 소파에 드러누운 유천이 이내 코를 골기 시작했다. 궁금하면 참지 못하는 성격의 유진이지만 다들 피곤해 보이는 얼굴로 오자마자 자리를 잡아 누워 버리는 바람에 유진도 어쩔 수 없었다. 그렇게 사무실의 코 고는 소리가 밖으로 새어 나갈 정도로 유천 일행은 깊은 잠에 빠졌다.

그날은 선거 하루 전날이어서 별다르게 할 일이 없어 편히 푹 자면 될 텐데, 누군가가 맞춰 놓은 점심을 알리는 알람 소리에 다들 기상했다

"으아아! 정말 정신없이 잤네. 다들 어때, 정신이 좀 들어? 난 아직도 정신이 몽롱한데."

눈을 비비며 일어나면서 유천이 말했다.

"음, 나도 마찬가지야. 마치 꿈속을 아직 헤매고 있는 듯, 몸이 말을 잘 안 듣네."

억지로 기지개를 펴면서 오동도 일어났다.

"그나저나 드디어 내일이네. 다들 고생들 했어. 유진 양도 그동안 정말 고마웠어. 오늘 저녁은 간만에 소주 한잔할까?"

유천은 그동안 무거웠던 짐을 오늘에 와서야 내려 놓는 듯한 느낌이 들기도 하고, 오늘과 내일만 지나면 어찌될지, 서로 또 언제 다시 이렇게 다들 만날 수 있을지하는 생각이 들었다.

"오케이! 그동안 다들 마음고생이 심했어. 그럼 다들 간만에 돌아가서 목욕재계하고 저녁에 다시 만나자고."

사무실을 나서는 경대의 말 뒤로 오동, 찬식, 유진이 차례차례 나가고 난 후 그동안의 일들을 회상하듯 빈 사무실을 한참 동안 바라보다 마지막으로 유천도 길을 나섰다.

한편 찬식은 사무실을 나서자마자 제일 먼저 발걸음을 옮긴 곳이 다름 아닌 성삼전자였다. 그동안 좀처럼 연락이 되지 않던

연구원들이 어떻게 지내고 있는지, 어디까지 진척이 되었는지 무척 궁금했었다.

성삼은 찬식이 도착하기도 전에 최고 이사뿐만 아니라 기업 임원급 이상의 거의 모든 이들이 정문 앞에서 대기하고 찬식을 반겼다. 그중 성삼의 최고 이사인 듯 보이는 사람이 찬식을 맞이했다.

"박찬식 박사님! 반갑습니다. 미리 알려 주셨으면 좋았을 텐데…… 총수님께서도 박사님을 무척이나 만나 뵙기를 바라셨습니다."

"아! 죄송합니다. 갑자기 시간이 나서요. 그동안 찾아뵙지도 못하고 해서, 인사라도 드릴 겸……"

"아무튼 한창 바쁘실 텐데, 이렇게 찾아와 주신 것만으로도 저희들은 영광입니다."

최고 이사는 그 자리에 나와 있던 한 사람, 한 사람을 찬식에게 소개해 주었고, 대기하고 있던 차량에 타라는 시늉을 했다.

"연구실이 궁금하시죠? 연구실은 여기서 좀 먼 곳에 있습니다. 사실 저희 그룹에서도 그 위치를 아는 사람은 몇 안 됩니다. 총수님을 비롯해서 5, 6명 정도 될까 말까입니다. 그만큼 저희 쪽에서도 박사님의 연구를 극비리에 신중히 진행시키고 있다는 점, 알아 주셨으면 좋겠습니다."

"네. 그 점 감사하게 생각하고 있습니다. 그리고 제가 6시까지는 돌아와야 돼서, 많이 먼 곳인가요?"

차에 오르다 말고 주춤거리는 찬식을 바라보던 이사가 안심시키듯 말했다.

"그렇게 멀지는 않습니다. 6시면 도착해서 연구원들이랑 인사하고 그동안의 진행 사항을 듣는 데는 지장이 없을 듯합니다. 좀 서두르셔야 될 듯합니다. 어서 타시지요."

최고 이사가 먼저 차에 오르며 손짓을 했다. 잠시 고민하던 찬식은 모처럼 왔는데 그냥 돌아가는 것도 아닌 것 같아 좀 늦더라도 연구원들이 어떻게 지내는지, 또 얼마나 진척되었는지 궁금하기도 해서 고단한 몸을 차에 실었다.

아침에 잠시 눈을 붙이기는 했지만 여전히 피곤했던 찬식은 차에 올라타고 얼마 되지 않아 깊은 잠에 빠졌고, 곤히 잠들어 있는 찬식의 얼굴을 보며 이사는 그동안 찬식에게 있었던 수많은 역경들을 짐작할 수 있었다.

얼마나 지났을까? 한 외딴 시골 어느 골짜기 안쪽으로 자그마한 건물이 보이기 시작했다. 입구에서부터 삼엄한 경비원들이 출입을 엄격하게 통제하고 있었다. 찬식이 혼자 왔더라면 아마 들어가지도 못했을 것이다.

출입문을 통과하면서 이사는 경비원들에게 찬식을 소개하며, 찬식의 얼굴을 잘 기억하라고 경비원들에게 신신당부를 했다. 출입문을 지나 올라가니 밖에서 본 것과는 달리 축구장만큼 넓고 엄청나게 큰 공터가 있었고, 그 옆으로 건물들이 커다란 나무에 가려져 있었다. 그 큰 규모에 놀란 찬식이 이사에게 물었다.

"밖에서 본 것과는 전혀 딴판이네요. 밖에서는 작은 이 건물 밖에 안 보이던데……."

"네, 이 작은 건물은 연구원들의 숙소입니다. 아시다시피 기밀 사항이다 보니, 외부에서 보이지 않게 이렇게 큰 나무들로 실제 연구동은 가려 놨습니다."

"그렇군요! 그럼 이 축구장만 한 크기의 빈 공간은 왜?"

"아! 저도 잘 모르지만 연구원들이 원했다고 합니다. 실증할 수 있는 공간이 필요하다고 해서……. 지금은 빈 공간이지만 아마 곧 무언가로 채워지겠지요."

그 말을 들은 찬식은 순간적으로 연구원들이 실험에 어느 정도 성공했음을 알아차렸다. 연구원들이 대견스러웠다. 아마도 연구원들은 그동안 찬식을 기다려 왔을 것이다. 성공을 알리며 실증을 위해 어떻게 진행할지를 의논하기 위해…….

연구동 앞에 도착하니 그동안 보지 못했던 연구원들이 줄지어 찬식을 반갑게 맞이해 주었다. 연구원들 옆에 반갑게 웃음 짓고 있는 학과장의 얼굴을 본 찬식은 깜짝 놀랐다.

"학과장님? 어떻게 여기에……."

"사연을 말하자면 좀 기니 다음에 얘기하기로 하고, 우선 자네의 연구에 대해 마무리해 보자고."

그렇게 한참을 최고 이사가 알지도 못 하는 학술 용어를 쓰기 시작하더니 결론이 나온 듯 서로 무언의 고개를 끄덕이더니 마침내 찬식이 이사에게 말했다.

"드디어 이 빈 공간을 사용할 수 있게 되었네요. 준비를 좀 많이 해야 될 거 같습니다. 아마 대규모의 자금이 들어가야 될 거 같은데, 제가 총수님께 따로 연락을 드릴까요?"

"아닙니다. 바쁘실 텐데 제가 따로 총수님을 만나 뵙고 보고 드리겠습니다."

"그럼! 보고서는 저희 쪽에서 만들어 올리도록 하겠습니다."

그리곤 학과장과 연구원들을 둘러보며 아쉬운 듯 말했다.

"지금 시간이 부족해서 난 가 봐야 해. 보고서 잘 좀 부탁해. 그리고 조만간 또 올 테니까 그땐 느긋하게 서로 그동안 있었던 일들을 풀어보자고. 학과장님도요, 그럼 그때까지 다들 건강하게 있어."

자리를 일어서며 찬식은 한 명, 한 명 연구원들의 머리를 쓰다듬은 후에야 이사에게 가자는 손짓을 했다. 돌아오는 길이 한결 가벼워진 찬식은 간만에 달콤한 소주를 마실 생각에 흐뭇한 미소를 지었다.

예상보다 늦은 찬식은 재빨리 이사와의 작별 인사를 하고 선거 사무실로 뛰어 올라갔다.

"좀 늦었네. 어디 갔다 왔어? 자, 자! 간만의 회식인데. 출발!"

장소는 늘 유천 일행이 가던 국밥집이었다. 간만의 회식이라 좀 더 좋은 곳으로 갈 수도 있었지만, 그들에게 있어 국밥집은 매일 밥을 먹던 집 이상의 장소였다. 거의 매일 아침을 그 집에서 출발했고, 힘들 때마다 그 집에서 저녁을 먹으며 술 한잔 기울였다. 더군다나 서울에서는 찾아보기 힘든 돼지국밥집이었다.

국밥집 할매의 구수한 사투리에 고향인 부산 냄새가 배어 있던 그런 집. 유천 일행에게는 어디에도 비교할 수 없는 그런 편안하고 아늑한 장소였다.

"너거들은 질리지도 않나? 매일 먹던 걸로 주까?"

반가운 듯, 귀찮은 듯 할매가 말했다.

"할매요! 오늘은 좀 다른 거 없는교? 오늘 간만에 쇠주 한잔 할려고요."

"뭔 날이가? 아하! 내일이 선거구면. 내 오늘 특별히 너거들을 위해 뭐 좀 만들어 주까? 뭐 먹고 싶노?"

"됐심니더. 그냥 안주꺼리 될 만한거 아무꺼나 주이소."

"그래도 그게 아니다. 가만 있어 봐라. 조맨만 이거 먹고 있어라. 내 잠시 장 봐 오께. 손님 좀 받고 있어래이. 금방 온다카고."

"아따 할매 괜찮테도!"

유천은 나가는 할매를 바라보며 소주 한 병을 들고 흔들어 따기 시작했다. 그렇게 한 잔, 두 잔 소주를 들이키던 유천 일행, 어느덧 할매가 돌아왔을 때는 이미 소주가 탁자에 5병이나 쌓여 있었다.

"야들아! 뭣이 그리 급하노. 천천히 무라. 내 맛있는 안주 만들어 주꾸마."

쌓여 있던 소주병을 본 할매는 서둘러 주방으로 들어갔고 이내 맛있는 냄새가 가게 안을 가득 메웠다. 그리고 얼마 지나지 않아 할매의 양손에 들려 나온 안주를 바라보며 유천 일행은 군침을 삼켰다.

"할매요! 이게 뭡니까? 고갈비랑 파전 아입니꺼?"

소주잔 기울이며 군침을 삼키던 경대가 말했다.

"옛날 남포동에서 마이 먹었지. 요즘은 거의 없어진 거 같던데……. 간만이네."

잠시 회상에 잠겨 있던 경대가 고갈비 한 점을 뜨려고 하는 순간, 경대의 손을 때리며 할매가 뭔가를 가져왔다.

"있어 봐라! 고갈비랑 파전에는 이게 있어야지."

할매의 양손에 들린 막걸리를 쳐다보며 엄지를 치켜세우며 오동이 말했다.

"역시! 할매! 최고네. 할매도 요기 앉으이소. 같이 탁배기 한잔 하입시더."

"내는 됐다 마! 장사해야지. 마이 처무라. 내일 일도 있으니 술은 좀만 묵고…"

유천 일행은 잘 양념된 고갈비와 파전 그리고 막걸리를 먹으며 그동안의 여정을 풀었다.

"다들 고생했데이! 이제 내일이 마지막이네. 시원섭섭하네."

먼저 유천이 무거운 입을 열었다.

"내일이 지나면 다들 자기 자리로 돌아가겠네. 유진 양은 복학도 해야 하고, 오동이는 미국으로 갈 거고, 경대랑 찬식이는 다시 연구에 몰두해야지. 음, 난 뭐할까?"

"뭘 그렇게 걱정하세요, 아저씨! 여론 조사 결과를 봐도 우리

가 우세인데. 너무 비관론에 빠져 있는 거 아니에요? 제가 보기
엔 당선이 확실한데……."

걱정하는 유천에게 TV를 가르키며 마냥 즐거운 듯 유진이 말
했다.,

"저기 좀 보세요. 뉴스에서도 나오잖아요. 인사말 준비하시는
게 빠르겠는데요. 호호호."

"그래도 유진 양! 세상은 알 수 없어. 걱정되는 건 우리들도 마
찬가지인걸……."

"참, 찬식아! 니 아까 어디 갔다 왔노?"

오동도 막걸리 한 사발을 들이키며, 화제를 다른 데로 돌렸다.

"아, 참! 얘기 한다는 게 깜박했네. 성삼에 좀 갔다 왔어. 연구
원들 근황이 궁금하기도 해서…"

"다들 잘 지내고 있재?"

찬식의 말에 연구원들의 근황이 궁금했던 유천이 물었다.

"어, 내 없는 사이에 연구원들이 엄청 고생 했을 거야. 실험에
어느 정도 성공했다네. 그리고 이제 실증을 위한 준비 단계여서
성삼에 미리 알려주고 왔지. 조만간 적용 가능할 거 같아."

찬식의 목소리에는 자신감에 가득 차 있었다.

"오, 축하한데이! 자, 잔 들어!"

찬식의 성공을 위해 다들 건배를 했다.

"이제 니만 당선되면 되네. 다시 태어날 한반도를 생각하
니……."

그동안의 설움이 북받쳐오는 듯 말을 잇지 못하는 오동을 보고는 들이키던 잔을 내려놓으며 경대가 말했다.

"자! 안 되것다. 그만 묵자. 내일도 있으니 오늘은 그만……."

"아! 잠시만, 내일 있잖아? 그냥 내 개인적인 생각인데…… 이렇게 하면 어떨까하고……."

조심스럽게 유천이 입을 열었다.

"어차피 내일 투표하고 나면 개표 때까지 사무실에 그냥 결과만 기다리고 있을꺼 아이가. 그래서 말인데…… 새벽에 투표하고 다들 모여서 부산으로 내려가는 건 어때? 유진 양 아르바이트하던 호프집 알지? 호프집 사장님이 부산 지부장이라 그동안 고생도 많이 했을 텐데, 한번 찾아가 보는 게 예의인 듯해서……. 거기서 호프나 마시며 느긋하게 개표 상황이나 보는 게……."

"좋죠. 저는 무조건 찬성이에요. 우리 말고도 여러 사람들 불러서 같이 해요. 아저씨 좋아하는 사람들 다 불러 모을게요."

"좋아! 그럼 다들 오늘 조심히 들어가고 내일 사무실에서 보자고."

결전의 날

드디어 투표 당일 날, 어제의 약속대로 이른 새벽 투표를 하고 난 유천 일행은 사무실로 모였다.

"참나! 내가 내 이름 찍으려니 진짜 이상하더라. 너거들도 이상했제?"

유천은 먼저 도착해 있던 오동, 찬식, 경대에게 멋쩍은 듯 말했다.

"어, 그래서 난 다른 사람 찍었다. 하하하."

크게 웃으며 농담이라는 듯이 손사래를 치며 오동이 말했다.

"아이! 아저씨 농담도 참!"

빨리 출발하자는 듯이 외투를 입는 유진의 입가엔 미소가 흘러 나왔다.

"자! 이제 가자고. 차 막힐 수도 있다."

유천은 들어오자마자 앉지도 않은 채 돌아서서 서둘러 재촉했다.

이른 새벽이라 다행히 차가 막히지 않아, 10시경 부산에 도착했다.

"바람이나 좀 쐬다 갈까?"

너무 빨리 도착한 것을 의식한 듯 유천이 말했다.

"그럴까? 생각보다 너무 빨리 와 버렸네. 이렇게 이른 아침에 가는 것도 예의가 아니지."

어디로 갈까 고민에 빠진 유천과 오동을 본 유진이 나섰다.

"그럼 제가 아저씨들 간만에 모셔 볼까요? 옛날 아저씨들은 남포동에서 많이 노셨다면서요? 남포동 어때요?"

"그래! 간만에 남포동 구경이나 하러 가자."

아침인데도 불구하고 남포동에는 많은 사람들이 나와 있었다. 옛날만큼 북적이지는 않았지만, 여전히 남포동은 부산에서 놀며 즐길 수 있는 몇 안 되는 장소임에는 틀림없었다.

유천 일행은 옷 구경도 하고 사람 구경도 하고 길바닥에 앉아 비빔당면도 먹으며 간만에 한산한 오전을 만끽하고 있었다.

"우리 옛날에 먹었던 순두부 있잖아! 이름이 생각 잘 안 나네……. 남포동 나오면 맨날 거기서 먹었는데, 거기 아직도 있는가 모르겠네."

점심시간이 다가오자 갑자기 생각이 난 듯 경대가 기억을 더듬어 길을 찾아 나섰다.

"아저씨! 혹시 돌고래 말씀 하시는 거예요?"

"거긴 거 같기도 하고 아닌 거 같기도 하고, 잘 모르겠네. 이쪽 길로 쭉 가다 보면 나왔던 걸로 기억이 나는데……."

경대는 오래된 기억을 더듬어 천천히 앞으로 나아가기 시작했다.

"아저씨! 이쪽 길이면 제가 말하는 곳이 맞는데요. 저 따라 오세요."

유진은 경대를 앞질러 일행을 인도했다. 그곳에 도착한 경대는 아직까지 그 자리를 지키고 서 있는 것을 보곤 신기한 듯 말했다.

"맞네! 여기네. 여기 아직까지 있었어?"

돈이 없던 학창 시절에 값싸고 넉넉하게 먹을 수 있었던 그 집이 30년이 넘게도 아직까지 그곳에 있다는 게 믿기지가 않았다.

그렇게 잠시 동안 옛 추억에 잠겨 점심을 먹고 난 후 유진은 호프집 사장에게 전화를 걸었다.

"사장님! 저 유진이에요."

"어어, 유진 양? 부산 도착했어?"

목소리만으로도 자다가 금방 깬 걸 알아챌 수 있었다.

"아! 죄송해요. 지금쯤이면 깨어 계실 것 같아서 전화드린 건데⋯⋯."

수화기 너머로 알람 소리가 울렸다.

"아냐! 마침 일어나려고 했어. 들어 봐, 알람 소리 들리지."

일부러 전화기를 알람 시계 옆으로 들이밀었다.

"지금 저희들 남포동 쪽에 있는데, 지금 그쪽으로 넘어가도 되나요?"

"지금? 1시간만 있다가 와. 나 아직 준비도 못했고⋯⋯ 가게 청소도 안 해 놔서 지저분해."

"괜찮아요. 우리가 먼저 가서 청소 해 놓고 있을게요. 사장님,

호프집 키 제가 가지고 있는 거 이거 쓰면 되죠? 저희 먼저 가서 청소해 놓고 생맥 한 잔씩 하고 있을 테니, 천천히 오세요."

어느덧 호프집에 들어선 유천 일행은 깜짝 놀랐다. 어젯밤을 예상할 수 있을 정도의 난장판이었다. 그 모습을 본 유진은 호프집 사장을 대변이라도 하는 듯 말했다.

"보통 이 정도는 아닌데……. 어제 늦게까지 했나 보네요."

부끄러운 듯 주방으로 발길을 돌린 유진은 여기저기 내팽겨쳐진 냄비와 그릇들을 보곤 '완전 전쟁터네, 전쟁터.'라고 하며 두 팔을 걷어 올렸다.

"아저씨 저는 주방을 맡을 테니 홀 청소 좀 부탁드려요."

유진의 말에 주방 쪽에 산더미처럼 쌓여있는 설거짓거리를 본 유천은 아무 말 없이 청소 도구를 집어 들었다. 어느정도 홀 정리, 주방 정리가 끝나자 유진은 오징어와 함께 생맥주를 유천 일행에게 가져왔다.

"내가 지금 내 할 수 있는 게 이것밖에 없네요."

유천 일행은 대형 TV 앞 테이블에 앉아, 투표 상황을 보기 시작했다. 유천 일행이 청소 때 흘린 땀을 식히며 시원하게 생맥주 한 잔으로 목을 축이고 있을 때, 허겁지겁 사장이 들어왔다.

"아! 죄송합니다. 어제 늦게까지 장사하느라……."

깨끗하게 정리되어 있는 홀을 쳐다보고는 미안한 듯 머리를 긁적이며 말했다.

"그냥 놔두시지. 제가 할 건데……."

유천 일행이 먹고 있던 딱딱하게 굳은 오징어를 보곤 사장은 후다닥 주방으로 뛰어 들어가며 말했다.

"안주가 이게 뭐야? 제가 맛있는 거 만들어 드릴게요. 조금만 계세요."

TV에서는 연일 출구 조사에 관한 내용들이 올라오고 있었다. 출구 조사 결과, 유천이 30%로 여당 소속의 후보와의 격차가 약 10% 정도 뒤지고 있었으나, 아직 시간이 많이 남았으니 결과는 알 수 없다며 늦은 오후부터 젊은 층의 지지를 많이 받고 있는 유천 후보가 얼마든지 뒤집을 수 있는 상황이라고 보도하고 있었다.

하지만 오후 5시를 넘어서도 출구 조사 격차가 좁혀지지 않고 있었다.

"예상은 하고 있었지만…… 역시 난 좀 무린가? 껄껄껄."

유천은 내심 기대하고 있던 맘을 대변하듯 허탈한 웃음을 지었다.

"아저씨, 그런 표정 짓지 마세요. 아직 몰라요. 끝나지 않았어요."

말하는 유진의 표정도 그렇게 밝지 않았다.

"자, 자! 한잔하자고. 어차피 그렇게 기대하지도 않았잖아. 그동안 우리가 해 왔던 걸로 난 만족해. 누가 대통령이 되더라도 우리가 말한 것들을 한번 더 생각해 보겠지. 그동안 너희들이랑 같이 있으며 이때까지 말하지 못했던 거 시원하게 말할 수 있어서 좋았다. 난 그걸로 족해. 후세가 알아 주겠지."

오동이 유천을 대변하듯 말하며 잔을 들며 이렇게 외쳤다.

"이 나라의 앞날을 위하여!"

오동의 말에 호프집 사장과 유천 일행 모두 '이 나라의 앞날을 위하여!'를 외치며 시원하게 맥주를 들이켰다.

그렇게 한 잔 두 잔 생맥을 즐기고 있는 사이, 어느덧 투표는 끝이 나고 하나둘씩 호프집으로 사람들이 모여들었고 그들의 목소리가 들려왔다.

"뭐하는 건지 모르겠네. 오늘 같은 날 일하는 회사, 조만간 때려 치워야지. 정부는 맨날 주 5일제다, 근무 시간 단축이다, 말만 번지르르하게 하고 제대로 하는 게 없어."

짜증에 섞인 말들이 여기저기서 흘러 나왔다. 그 와중 유천후보 온다던데 아직 안왔냐고 물어보는 사람에게 사장은 조용히 TV앞 테이블 쪽으로 눈짓을 보내며 입조심하라는 듯이 손가락으로 입을 가렸다. 순간 다들 유천이 앉아 있던 테이블 쪽으로 시선이 옮겨졌다. 그중 한 사람이 너털웃음을 지으며 말했다.

"죄송합니다. 다른 뜻이 있는 게 아니라, 그냥 쉬지도 못 하고 일하고 오는 길이라……. 그래도 투표는 하고 왔습니다. 하하하."

"저한테 죄송할 필요 없는데요 뭘! 여태까지 일하고 오시느라 고생 많으셨습니다. 다들 한잔 하시지요."

유천은 모여 있는 사람들을 둘러보며 잔을 높이 들었다. 여기에 맞춰 호프집에 앉아 있던 유천의 지지자들 모두 누가 먼저랄 것도 없이 일제히 '당선을 위하여!'를 외치며 잔을 기울였다.

어느덧 사전 개표 결과가 나오기 시작했고, 그 결과 유천이 20% 이상 앞서 나가기 시작하면서, 호프집 안에서는 잔치 분위기였다.

"보세요. 아저씨 제 말이 맞죠? 아직 모른다니까요?"

신바람이 난 유진은 모여 있는 사람들을 향해 승리에 찬 목소리로 외쳤다.

"이게 바로 우리의 힘입니다! 이제부터 이 나라는 우리가 만들어 나갑시다!"

늦은 저녁이 되어서야 본 투표 결과가 속속들이 나오기 시작했고 사전 투표에서 치고 나갔던 유천의 표수가 점차 좁혀지기 시작하면서 여기저기서 불안한 목소리로 흘러나왔다.

"뭐야, 이건! 좀 이상한데?"

출구 조사 결과로 어느 정도 예상은 하고 있었지만, 사전 투표 결과가 너무 좋아 내심 기대하고 있었던 유천 일행의 마음도 편하지 않았다.

개표가 50% 이상 진행된 상황에서 유천은 어느덧 타 후보에 5%가 뒤처지기 시작했다. 언제부터인가 축제의 분위기에서 말들이 없어졌고, 홧김에 술을 많이 마신 몇몇 사람들은 분을 이기지 못해 고함을 지르기도 했다. 그 순간, 유진이 일어나 뜬금없이 사람들에게 물었다.

"여러분! 저기 있잖아요. 여기 계신 분들 언제 투표하고 오신 건가요? 아침? 아님 퇴근하고?"

"당연히 퇴근하고 하고 왔지. 아침에 출근해야 하는데 투표할 시간이 어디 있어."

"난 차가 막혀서 자칫했으면 투표도 못 할 뻔했어."

"난 사장이 일 많다고 투표하면 뭐하냐고 안 보내주려는 거 억지로 나와서 투표했지."

여기저기서 모인이들의 90% 이상이 다들 투표 시간 다 되어서야 어렵게 투표를 하고 왔다는 말에 유진은 일말의 희망을 가졌다.

"아저씨, 보세요. 다들 일 마치고 투표하고 왔다는데요."

"그게 왜?"

뜬금없는 유진의 말에 무슨 말이냐는 듯이 유천이 말했다.

"생각해 보세요, 아저씨. 지지자들 대부분이 이 사람들처럼 일 마치고 투표하고 왔을 것 같은데, 그럼 개표 때 상자를 거꾸로 뒤집어 엎는다고 생각하면 아마, 아저씨 표는 맨 밑에 깔려 있을 걸요? 제 생각이지만……."

유진의 말에 유천은 고개를 끄덕였다. 다분히 가능성 있는 말이었다.

어느덧 새벽녘 유진의 말이 맞는 듯 개표 70%에서부터 유천의 표수가 올라오기 시작하면서 뒤지던 표수를 따라잡기 시작했다. 그러면서 '진짜 될 수도 있다.'라는 생각에 다들 다시 흥분하기 시작했다. 개표가 점점 늦어지고 시간은 어느덧 아침을 향해 흘러가면서 모여 있던 사람들이 하나둘씩 흩어졌고 어느덧 유천의 표수가 다른 후보와 거의 같아지고 있었다.

"음, 이제 거의 끝나가는 거 같은데, 얼마나 남았노?"

떨리는 목소리로 유천이 한마디했다.

"아까 10% 정도 남았다고 했으니까. 이제 한 5% 정도?"

오동도 떨리기는 마찬가지였다. 표수가 벌어졌을 때는 몰랐지만, 언제 뒤집어져도 아무도 모를 상황이 된 시점에서 욕심이 나기 시작했다.

아침 햇살이 호프집 유리창을 통해 서서히 경대, 찬식, 오동을 지나 유천에게로 내려쬐던 그때, 호프집 안에서는 함성이 울려 퍼졌다.

주먹을 불끈 쥐며 승리의 포즈를 취하던 유천은 남아 있던 사람들을 둘러보며 깍듯이 고개 숙여 인사했다.

"감사합니다. 정말 감사합니다. 절 응원해 주시고, 절 믿어 주시고, 절 선택해 주셔서……. 여러분이 실망하시지 않게 최선을 다해 더 살기 좋은 나라, 살 만한 나라를 만들기 위해 최선을 다하겠습니다."

감격에 겨운 나머지 유천은 엎드려 절을 하며, 밤새 자리를 떠나지 않고 앉아 있던 이들에게 말했다.

"여기 계신 분들께 의견을 한번 여쭤보고 싶습니다만, 바꾸고 싶은 것들 있으시면 스스럼없이 말씀해 주세요."

그러자 기다렸다는 듯이 저 구석에 앉아 있던 나이 지긋한 노인이 일어나 말했다. 유천의 지지자들은 대부분이 젊은 층이라 모여 있던 사람들도 깜짝 놀랐다. 그 노인은 지금껏 아무도 눈치 채지 못하게 조용히 구석에서 숨죽이며 앉아 있던 것이었다.

"우선 당선을 축하드립니다. 제가 여태껏 살아오면서 정말 많은 정책들이 쏟아져 나오기도 하고, 없어지기도 했지만, 계속 확대되는 잘못된 정책들 중 꼭 없애고 싶은 것이 있어서 말하려 하오! 그건 바로 노인 연금이오."

그 노인의 입에서 나온 '노인 연금'이라는 말에 다들 의아해 했고, 유천도 마찬가지였다.

"노인 연금요? 왜요? 어르신들 입장에서는 좋으신 거 아닌가요?"

"그렇소. 취지는 좋은 거 맞소만, 생각해 보시오. 점점 출산율은 낮아지고, 생산 가능 인구수가 줄어들고 있지요. 의료 기술로 인해 노인들이 늘어나는 시점에서 우리나라 형편에도 맞지도 않는 복지를 한답시고 하위 30%의 노인들에게 연금을 지급한다는 게 맞는 말인지, 그럼 그 세금을 누구에게 걷어야 되는지. 미래를 짊어지고 나가야 할, 이 자리에 앉아 있는 젊은이들에게 너무 많은 짐들을 안겨 주는 게 아닌지 잘 생각해야 될 일이라고 생각하오. 안 그래도 취업도 힘들고 자기 먹고 살기도 힘든 이나라의 미래를 밟아 뭉게는 것이지. 나뿐만 아니라 좀 의식이 있는 노인들은 대부분 이 연금이 잘못된 거는 알고 있소. 그리고하위 30%를 어떻게 선별한단 말이오."

노인의 얼굴이 서서히 붉어지기 시작하면서 격분하듯 말했다.

"일찌감치 자기 재산을 전부 자식들에게 물려주고는 노인 연금 받는다며 정부 돈은 못 빼먹는 게 바보라며 떠벌이고 다니는 노인들이 내 주변에 많소. 정말 도와줘야 하는 노인들에게는 가지 못하고 가지 않아도 되는 이들에게 그 많은 돈들이 쓰이고 있소. 노인 연금을 없애고 다시 조사 해서 정말로 도움이 필요한 홀로 사는 노인들을 도와주는 게 나을 것이오. 제발 그렇게 될 수 있도록 도와주시게……"

노인의 말에 여기저기서 맞는 말이라고 맞장구를 치며 박수를 치기 시작했다.

"알겠습니다, 어르신. 제가 꼭 한번 다시 검토하도록 하겠습니다. 또 다른 분 없으십니까?"

노인의 말에 다들 용기를 얻은 듯 여기저기서 손을 들기 시작했다.

"잠시만요, 너무 많으신 거 같으니 그럼 어르신이 앉아 계시던 탁자에서 좌측으로 돌아가면서 들어 보겠습니다. 거기 계신 분 말씀해 주세요."

"대통령 당선을 축하드립니다. 저는 이제 갓 결혼한 새신랑입니다. 아직 모은 돈이 없어서 전세로 살고 있는데요, 전셋값도 너무 비싸고, 앞으로 내 집 마련을 어떻게 해야 할지 고민 중입니다. 그래서 하는 말입니다만, 인구수도 줄어들고 있는 상황에서 인구에 비해 주택 수가 모지라지는 않을 것 같습니다만……. 근데 왜 자꾸 가격이 올라가는 걸까요? 제 짧은 생각에는 부유한 많은 이들이 투기 목적으로 주택을 몇 채씩 가지고 있다는 것이 문제인 거 같습니다. 지금 보면 양도소득세가 많이 올라갔다고는 하지만, 결국 많은 양도세를 내더라도 다주택자들에게는 팔면 이익이라는 거지요. 그렇다보니 은행에 돈을 맡겨도 이자가 거의 없는 지금 계속적으로 부동산에 투기를 하는 것인데 누가 봐도 알 수 있는 사실을 지금 정부는 부동산을 잡겠다며 쓸모없는 정책을 펴 나가고 있는걸 보면 앞으로 어떻게 제가 돈을 모아 집을 살 수 있을지 앞이 보이지 않을 정도입니다. 제 생각에는 보유세를 엄청 매기면 다주택자들의 주택이 나오기 시작할거고 그러다 보면 자연스럽게 매물 증가로 인해 주택 가격이 안정화될 것으로 생각됩니다. 어디까지나 제 생각이기는 하지만요⋯⋯. 앞으로 태어날 아이들과 집 걱정 없이 제 집에서 미래를 계획하며 살아보고 싶습니다."

그 새신랑이라는 청년의 말에 유천도 어느 정도 생각을 하고 있었던 일이라 의지를 담은 대답을 했다.

"좋은 생각인 거 같습니다. 저도 어느 정도 생각하고는 있었는데, 아마 정부도 알고 있을 것 같습니다. 하지만 그걸 실천하지 못하는 이유가 뭔가 있는 듯 보입니다. 아마도 집권층들의 이익추구? 등 하여튼 뭔가 있겠죠. 걱정하지 마십시오. 꼭 그렇게 하도록 하겠습니다. 앞으로 집 걱정 없이 편히 살수 있도록 최선을 다하겠습니다. 그럼 그 다음 분 말씀해 주세요."

"당선을 믿고 있었습니다. 축하드립니다. 저는 곧 졸업을 앞두고 있는 학생입니다만, 취업하기가 너무 힘듭니다. 요즘 학생들을 보면 국내에서 취업이 어려워지다보니 해외로 많이 빠져나가고 있습니다. 저도 그쪽으로 생각하고 있습니다. 사실 일자리가 없는 게 아닙니다. 일자리는 많습니다. 다만 질 낮은 일자리가 많다는 점, 급여가 낮고 힘든 일자리는 많이 있습니다. 하지만 급여가 높은 화이트칼라 직무를 선호하게 되면서 실질적인 노동의 주체, 즉 저급여의 블루칼라를 기피하게 되었고 어느 순간부터 그 자리를 외국인 노동자들이 점거하기 시작했습니다. 그런 악순환이 반복되면서 지금은 취업 자리를 늘린다고 매년 공무원 정원만 늘리다보니 너도나도 할 것 없이 공무원이 되고자 하는 겁니다. 공무원들의 직업 성격상 대국민 지원 업무라고 봐야 하는데 그런 공무원이 되고자 이 나라의 젊은이들이 앞다투어 도서관에 앉아 시험 책과 씨름하고 있는 것을 보면 이 나라의 미래는 앞으로 뻔할 것입니다. 새로운 학문을 탐구하고 새로운 기술 개발에 매진해야 할 사람들이 시험 공부를 한다니…… 참! 어이없는 일이 지금 벌어지고 있는 것입니다.

저는 이렇게 생각합니다. 블루칼라의 임금을 높이고 화이트칼라의 임금을 낮추는 대대적인 급여 체계 개선 및 정부의 지원이 필요할 듯 보입니다. 기술로 먹고 살아야 하는 이 시대에 펜대를 굴려서 뭘 먹고 산다는 말입니까? 옛부터 내려오던 사농공상의 폐습을 없애고 기술을 바탕으로 한 노동의 가치를 좀 더 높여 나가야 앞으로 이 나라가 전진해 나갈 수 있을 거라 생각합니다."

그 학생의 말에 찬식이 동감이라도 한 듯 박수치며 말했다.

"맞는 말입니다. 새로운 기술 한 가지만 개발한다고 해도 수백, 수만의 일자리가 생겨나는 게 당연한 일인데, 옛부터 우리나라는 과학, 기술 개발에 등한시 했습니다. 사실 제가 학교에 있을 때도 과학적 지식과 창조성이 뛰어난 학생들은 다들 이 나라를 떠나게 되더군요. 기술 개발에 투자를 해야 되는데 학생의 말과 같이 아마도 우리는 아직 사농공상에 빠져 있는 걸지도 모르겠군요."

"해결해 나가야 할 문제인 것만은 분명한 일입니다. 앞으로 여러 자문들의 의견을 받아 어떻게 할지 고민해 보겠습니다."

짧은 말로 말을 마친 유천은 깊은 고민에 빠진 듯 한참 동안 팔짱을 낀 채 다음 사람의 말을 듣고 있었다.

"안녕하십니까? 대통령님! 많이 심란해 보이시는데 이런 얘기를 해도 될지 모르겠습니다. 저는 공무원입니다. 언제 이렇게 대통령님 앞에 말할 기회가 있을지 몰라 고민하다가 용기 내어 말해 봅니다. 앞선 학생 말에 저도 전적으로 동감합니다. 공무원이라는 직종이 대국민 지원 업무라는 말 맞습니다. 대부분이 민원 처리지요. 그래서 하는 말인데 공무원들의 성과급제, 이게 과연 맞는 건지? 대부분 민원 처리 업무에 어떤 기준으로 성과급제를 한다는 말인지? 그리고 힘들게 일하는 공무원들도 참 많습니다. 특히 소방, 경찰 공무원 이런 분들을 보면 같은 공무원 입장에서 봐도 참 안타깝습니다. 이런 분들은 좀 더 정부에서 지원해 줘야 하지 않나 그런 생각이 들기도 하고요. 국민들의 안전과 생명을 보호해 주는 이런 분들의 체제 개선이 필요할 듯이 보입니다. 마지막으로 혹시 조기 집행이라고 아시는지, 한 해의 예산을 상반기에 빨리 소진시켜 경제에 이바지하자는 건데, 도대체가 말이 안 되는 말입니다. 그럼 하반기에는 모두 굶어야 된다는 말인데……. 이걸 가지고 지자체별로 순위를 매기기 시작하면서 여러 가지 문제가 일어나고 있습니다. 서로 실적을 높이기 위해 미리 사업비를 당겨 준다든지, 아직 준비가 되지도 않은 것을 실적 높이기 위해 무리하게 진행하게 되고, 그렇다 보니 부실 공사의 위험이 일어나기도 합니다. 논에 물을 줄 때 적당히 나눠서 줘야 벼가 잘 자라는데 갑자기 물을 퍼부으면 어떻게 되겠습니까? 경제도 마찬가지라고 봅니다. 기업들은 상반기에 물량이 전부 나와 버리니 그때 벌고 나면 하반기에는 굶어야 되는 것을 알고, 버는 족족 지갑을 닫아 버리지요. 돈이 돌고 돌아야 하는데 돌지 못하는 이유가 되는 겁니다. 앞 정권에서 나왔던 이런 식의 말도 안 되는 정책들이 알게 모르게 계속 이어져 내려오고 있습니다. 일단 한번 시작하면 누구나 없애는 데 노력하지 않죠. 굳이 총알받이가 될 이유는 없으니까요. 대통령님! 꼭 이런 앞선 정부들의 잘못된 정책들 꼭 한번 챙겨 봐 주시고 없애주시기 바랍니다."

그렇게 허심탄회한 말들이 오가기 시작하면서 어느새 당선의 기쁨은 앞으로 어떻게 이 나라를 이끌어 나갈지에 대한 부담감으로 유천에게 다가오기 시작했다. 마지막으로 유천이 마무리했다.

"감사합니다! 우선 저를 지지해 주셔서 감사하고, 절 믿고 따라와 주셔서 감사하고, 앞으로 어떻게 나아가야 할지 알려 주셔서 감사합니다. 제가 잘 할 수 있을지 모르겠습니다만, 지금까지 해 주신 말씀들 깊이 새겨듣고 바꿔 나가도록 노력하겠습니다. 감사합니다!"

그러고는 유천은 찬식, 오동, 경대와 한참 얘기를 서로 주고 받았다. 그리고 잠시 후, 유천은 남아 있던 이들에게 물었다.

"제 공약 다들 알고 계시지요? 미래 도시 건설…… 사실 투표 전 북측과의 긴밀한 만남도 있었습니다. 비밀입니다만, 김정은 위원장을 만났습니다. 그리고 어느 정도 동의를 받은 상태이고요. 그래서 하는 말입니다만, 여기서 전 미래 도시 건설을 위해 여기 있는 3명의 친구들, 아니 교수님이자 박사님들에게 도움을 받고자 합니다. 어떠십니까, 여러분?"

유천의 말에 여기저기서 찬성한다는 듯이 박수 소리가 울려 퍼졌고, 이어 유천이 발표했다.

"우선 건설 관련해서 일가견이 있는 조경대 교수님을 국토개발추진위원회 단장으로 임명하여 국토 재건설을 일임하고, 무동력 개발 장치의 선구자인 박찬식 교수님을 미래 도시 건설 추진위원회 단장으로 임명하여 무동력 미래 도시 건설을 맡기려고 합니다. 그리고 경제학에 일가견이 있는 신오동 박사님을 저의 보좌관으로 임명하여 경제 부활에 사활을 걸려고 합니다. 괜찮으시면 박수 부탁드립니다, 여러분!"

그렇게 그 자리에서 많은 이들의 박수를 받으며 경대, 찬식, 오동은 유천과의 한 배를 계속 이어 나갔다.

직통 전화

어느덧 대통령 취임식이 끝나고 유천은 청와대에 들어섰다. 그동안 말로만 듣던 청와대였다. 그 청와대에 한 발 들이는 순간, 자신을 마중 나온 어머어마한 무리를 보고는 그제서야 유천은 자신이 대통령이 되었음이 실감났다.

대통령 집무실에 들어서자마자 각 장관들은 인사와 함께 간략한 브리핑을 쏟아냈으나, 유천의 귀에는 들릴 리 없었다. 며칠을 멍하니 무슨 일을 하고 있는 건지도 모르게 흘러갔고, 그나마 오동이 옆에서 코치를 해 주어서 위기를 여러 번 모면할 수 있었다.

그 후로 대통령 인수위에서 가져온 자료들을 매일같이 보고받으며 정신없이 몇 달이 흘러갔다. 어느 정도 정리가 되자 무슨 일을 하든 제일 중요한 것이 재정 상태임을 잘 알고 있었던 유천은 그동안 언론을 통해 흘려만 들어왔던 우리나라의 재정 상태를 알아보고자 처음으로 기획재정부 장관에게 전화를 걸었다.

"장관님! 저 대통령입니다."

대통령의 전화에 깜짝 놀라 수화기를 잡은 채 자리에서 벌떡 일어서며 장관은 대답했다.

"네! 기획재정부 장관입니다. 말씀하십시요."

기재부장관의 말소리엔 무슨 말을 할지 걱정이 앞서 바짝 긴장한 듯 약간의 떨림이 있었다.

"장관님, 다름이 아니라 제가 뭐 좀 여쭤보려고 전화 드렸습니다. 지금 우리나라의 재정 상태가 어느 정도인지 좀 궁금해서요. 물론 어느 정도는 공개되어 있긴 한데, 혹 감추고 있는 건 없는가 해서요. 공개된 내용 말고 진짜 우리나라의 재정 상태가 어떤 상태인지 장관님의 솔직한 답을 듣고 싶어서 이렇게 전화 드렸습니다."

"알겠습니다, 대통령님. 전화로 말씀 드리기보다 제가 자료를 준비해서 내일 직접 찾아뵙고 보고 드리겠습니다."

"아니! 그렇게까지 하실 필요는 없는데…… 그럼 부탁 드리겠습니다."

전화를 끊은 유천은 오동에게 물었다.

"네 생각은 어때? 내 생각에는 언론에 뿌려진 거 말고도 감춰진 내용이 많을 것 같은데?"

"물론 있겠지. 괜히 국민들을 혼란에 빠트릴 필요는 없잖아. 지금 걱정되는 건, 그 정도가 얼마인지가 걱정이야. 만약 기재부 장관이 우리 쪽 사람이 아니라면 내일 들을 내용은 뻔한 내용일 거고, 우리 쪽 사람이라면 어느 정도 해결책까지 가져오겠지. 내일 한번 지켜보자고."

"그래. 내일 보면 알겠지. 내일 기재부 장관이 오면 국채 보상 운동에 관한 얘기를 하려고 했는데……. 상황을 보고 결정해야겠네."

"어, 괜히 우리 쪽 사람이 아닌데 군이 그런 얘길 할 필요가 없지. 미리 적을 늘릴 필요는 없다고 봐."

그렇게 유천과 오동은 천천히 아주 천천히 한 발 한 발 떼 나가기 시작했다.

다음 날 청와대에 도착한 기재부 장관의 양손에는 두터운 서류 가방이 들려있었다.

"장관님, 어서 오십시오. 제가 너무 무례하지는 않았나요? 죄송합니다."

"아닙니다, 대통령님. 당연한 일입니다. 대통령님께서 솔직한 제 얘기를 듣고 싶어 하신다는 말씀을 듣고 오히려 전 좋았습니다."

잘 정리된 한 장짜리 보고 자료를 유천에게 넘기고는 언론에 뿌려진 재정 상태보다 지금 우리의 상태가 훨씬 더 위험하다는 얘기를 시작으로 이때까지 세수 확보를 위해 해 왔던 정책들에 대해 얘기하기 시작했다.

"대통령님, 지금 우리나라는 정말 힘든 상황입니다. 앞선 정권 때부터 그 상황은 다 알고 있었습니다. 하지만 보십시오. 재정 확보를 위해 이때까지 해 왔던 정책들을 보면 전부 다 서민들의 주머니만 탈탈 털어 왔습니다. 그렇게 확보된 재정으로 진정 필요한 곳에 예산을 쓰지 못하고 각 지역구 의원들의 선심성 예산에 마구 휘둘리며 국가의 재정이 점점 더 썩어 들어가고 있었습니다. 더 이상 이런 식의 내수에서 들어오는 세수로는 얼마나 더 버틸 수 있을지 모릅니다."

"음, 저도 이렇게까지 많은 금액인 줄은 몰랐습니다. 언론에 뿌려진 내용과는 정말 다르군요. 부채가 좀 많긴 하지만 아직까지 문제없다던 말, 대부분의 국민들이 믿진 않았겠지만 그래도 이정도까지 안 좋을 것이라고는 생각하지 않을 겁니다. 장관님께서 생각하고 계신 해결책이 있으신가요? 들어 보고 싶습니다만……."

"사실, 저도 해결책을 찾으려고 노력하고 있습니다만, 아직까지 뚜렷한 해결책을 찾지 못했습니다. 죄송합니다. 하지만 매년 의원들의 선심성으로 사용되는 예산을 막을 필요는 있어 보입니다. 그리고…… 허리띠를 졸라매야겠지요."

"음, 그럼 장관님께서 말씀하시는 선심성 예산, 그렇게 심각한 수준인가요?"

"대략 수천 억 단위라고 생각하시면 될 듯합니다."

"그렇게나 많이요?"

"네."

고개를 숙이며 힘없는 목소리로 말하는 기재부 장관을 바라보던 유천은 결심이라도 한 듯 말을 이어갔다.

"그럼, 이러면 어떨까요? 전 국토 재건설을 위해 앞으로 꼭 필요한 것들을 제외하고 예산 사용을 전면 금지하려 하는데, 그

돈으로 부채를 줄일 수 있지 않을까요?"

"대통령님 말씀대로 하신다 해도 제 생각으론 급한 불은 끌 수 있을지 모르겠지만, 장기적으로 보면 크게 나아질 거 같진 않습니다."

"그럼……."

한참 뜸을 들이며 오동을 바라보던 유천은 고개를 끄덕이는 오동을 보곤 말을 했다.

"그럼, 장관님, 혹시 제가 선거 운동 시 했던 말 기억하십니까? 대국민 모금 운동을 하겠다는 말…"

"물론 기억합니다. 하지만 대통령님, 안 그래도 아직 대통령님을 못 미더워 하는 부류들이 많은데 너무 무리하게 진행하시면 대통령님이 난처하실 것 같습니다. IMF때 금 모으기 운동을 생각해 보면 가능한 얘기라고 생각은 듭니다만, 대통령님 입장도 생각하셔야……."

"제 입장이 뭐가 중요합니까? 새롭게 다시 태어나려면 후손들을 위해 우리가 썩은 뿌리를 잘라내 줘야지요. 누가 잘라내 줍니까? 그럼 일단 장관님은 괜찮다는 의견으로 받아들이겠습니다. 그래도 되죠?"

유천의 말에 기재부 장관은 아무 말 없이 고개만 끄덕였다.

"그럼, 이 일은 재정에 관한 일이니 기획재정부에서 하는 게 어떻습니까? 장관님께서 맡아 주시지요. 부탁드립니다."

"네, 돌아가서 직원들이랑 상의해 보겠습니다."

떠나는 장관의 얼굴은 상기되어 있었고, 오동은 걱정스러운 듯 유천에게 말했다.

"천아! 니 장관 얼굴 봤나?"

"어, 안 그래도 내가 너무 심한 일을 떠맡겼나 걱정이다. 어쩌지?"

"뭐, 일단 넘겼으니 어떻게 나오나 한번 지켜보는 수밖에. 그건 그렇고 어떻게든 네 발목을 잡으려고 눈에 불을 켜고 있는 의원들도 이때다 싶어 달려들 텐데……. 아! 그렇다고 그냥 있자니 안 되겠고 참 막막하네."

"일단 부딪쳐 보는 거지, 뭐."

힘없이 대답하는 유천이 들리듯 안 들리듯 작은 말로 '차라리 당 대표들을 소집해서 얘기해 볼까?'라고 속삭였다. 유천의 그 말이 오동에게 들렸는지 오동도 맞장구쳤다.

"그래. 차라리 그게 나을 수도 있겠다."

"알겠다. 나중에 장관이 가져오는 내용을 보고 불러 모아 얘기해 보자."

그렇게 며칠이 지나고 모처럼 한가한 시간이 찾아왔다.

"동아! 갑갑하지 않냐? 산책이나 좀 하까?"

유천은 허리를 펴며 자리에서 일어났다.

"그래, 날도 좋은데 커피나 한잔 타서 나가자."

한 손에 아메리카노 한 잔을 들고 밖으로 나온 유천과 오동의 얼굴에 따뜻한 봄 햇살이 눈부시게 내려 쬐고 있었고, 어느새 땅에서는 알 수 없는 싹들이 쏙쏙 올라와 있었다.

"동아! 이거 쑥 아니가?"

"어, 그런 거 같네. 참 신기하지? 겨우내 죽은 듯이 있다가 봄이 오니 다시 피어나는 걸 보면, 우리 인간들도 죽으면 다시 태어나는 걸까?"

뜬금없는 오동의 말에 웃으며 유천이 말했다.

"뭔 소리야? 갑자기 철학자가 납시었네. 하하하."

오랜만에 여유로운 시간을 보내던 중, 저 멀리서 유천을 부르며 비서관이 달려오고 있었다.

"잠시라도 가만히 놔두지 않네. 아이구!"

"천아! 대통령이 그렇게 쉽게 아니란다."

어린애를 달래듯 오동은 유천의 손을 잡고 비서관을 따라 들어갔다. 때마침 그들을 기다리고 있던 이는 국토부 장관이었다. 국토부 장관의 지금까지 해 왔던 일들과 앞으로의 해야 일에 대한 브리핑이 이어졌다.

"장관님! 상세한 설명 감사드립니다. 음, 제가 모르는 일들이 생각보다 많이 진행되고 있었군요."

운을 떼기 시작한 유천이 국토부 장관에게 물었다.

"장관님! 그동안 정부에서 부동산 관련 정책들을 많이 펴 왔지 않습니까? 그런데 한결같이 성공하지 못하고 실패만 반복했는데, 어디에 문제가 있었다고 봅니까? 아, 참! 이건 질책이 아니고 그냥 장관님의 의견을 물어보는 겁니다. 부담 갖지 마세요."

"네, 대통령님께서 말씀하신 대로 여러 가지 정책들이 무수히 쏟아져 나왔었지만 결국엔 다 실패 했습니다. 거시적인 관점에서 보고 정책을 수립해야 하는데 다들 눈에 보이는 가시적인 효과, 즉 실적 위주의 정책들만 내 오다 보니……."

"결국 먼 미래를 못 봤다는 말이네요?"

"그렇다고 볼 수 있습니다."

"제 생각을 한번 얘기해 볼까요?"

"네, 말씀하십시오. 대통령님."

"장관님께서도 알고 계시리라 생각되는데, 보유세를 대폭 증대하면 어떨까요? 다주택자들의 보유세 말입니다. 제 생각엔 좁은 이 나라에서 한정된 부동산은 올라갈 수밖에 없는 상황이라 돈 있는 자들에게는 아무리 양도세가 높다 한들 차액을 남길 수밖에 없는 실정이지요. 그렇다 보니 다른 데 투자하느니 그냥 부동산 쪽으로 몰리고, 그 악순환이 반복되다 보니 서민들은 평생 집 한 채 사기도 힘들어지게 된 거라 생각됩니다. 보유세를 대폭 증대시키면 다주택자들이 보유 자체만으로도 큰 손실을 받을 수밖에 없기 때문에 매물이 늘어날 것이고 그러다 보면 어느 정도 가격이 잡힐 것 같은데…… 어떻게 생각하시는지?"

"앞 정권 때부터 그런 얘기가 오고 갔습니다만, 기득권자들의 반발이 워낙 심해서……."

"기득권자들이라 함은 지금 제가 생각하고 있는 그들을 말씀하시는 건가요?"

유천의 말에 국토부 장관은 말없이 고개만 끄덕였다. 순간 유천은 참을 수 없을 만큼 화나 나서 입 밖으로 욕이 튀어 나올 뻔했다. 한참 동안 흥분을 삼키고 난 후 유천이 국토부 장관에게 말했다.

"음, 그럼 제가 그들을 한번 만나 보겠습니다. 일단 장관님은 상세 계획을 수립해 주세요. 제가 책임지겠습니다. 이건 서민들을 위한 겁니다. 서민들에게 짐이 될 만한 것들이 들어 가 있으면 절대 안 된다는 걸 명심해 주세요."

자신의 말을 듣고 고개 숙여 나가는 장관을 바라보며 유천은 그제서야 참고 참던 한마디를 했다.

"동아! 이 나라 참…… 누구 나라인지……."

한탄하듯 말하는 유천을 보며 가만히 있던 오동도 한마디했다.

"이제야 알았나? 어쩔 수 없지. 우리라도 총알받이가 되어 바뀌 나가야지 않겠나?"

"그래, 그래! 바뀌 나가야지. 그들을 불러야겠네. 아니 내가 가야 되나?"

쓴웃음을 짓는 유천을 바라보던 오동이 유천을 진정시키듯 말했다.

"좀 있어 봐. 일단 기재부, 국토부 장관이 가져오는 내용을 보고 정리가 되면 그때 해도 늦지 않다. 세부 계획도 없이 모았다간 우리가 당한다."

그러곤 오동은 비서관에게 전화를 걸어 오늘은 더 이상 대통령이 집무를 볼 수 없을 것 같다고 전하고는 집무실을 빠져나오며 유천에게 말했다.

"오늘은 좀 쉬어라."

오동이 문을 열고 나가려는 순간, 어딘선가 '삐리릭, 삐리릭'하는 이상한 소리가 들렸다.

"어디서 나는 소리지? 전화 소린가? 아닌데? 내 전화도 아니고 네 전화 소리도 아닌데?"

한참을 오동과 유천은 소리의 근원지를 찾아 나섰다. 그러다 집무실 맨 끝, 아직 정리되지 않은 유천의 짐들 속에서 그 정체를 찾을 수 있었다.

"이건?"

순간 유천과 오동은 깜짝 놀랐다. 그동안 잊고만 있었던 그 위성 전화였다.

"여보세요?"

나지막이 떨리는 목소리로 유천이 응답했고 수화기 너머로 친숙한 목소리가 들려왔다.

"오랜만이오. 유천 동지! 아니, 정 대통령! 그간 어떻게 지내셨소? 많이 바쁘지 않았소?"

"요 몇 달간 정신이 하나도 없었습니다."

"내 그럴 줄 알았소. 늦었지만 축하드리오. 취임 인사 아주 감명 깊게 들었소."

"감사합니다. 위원장님도 잘 지내셨지요?"

"내야 뭐, 잘 먹고 잘 싸면서 건강하게 지내고 있소. 이제……
마무리 지어야…… 않겠소?"

처음부터 좀 수신 상태가 고르진 않았지만, 갑자기 위성 전화
의 수신 상태가 더 안 좋아졌다.

"위원장님? 전화 수신 상태가 안좋은데 다시 한번 말씀해 주시
지요."

유천의 말이 들렸는지 안 들렸는지 모르게 계속 위성 전화에
서는 치직거리는 잡음과 함께 끊기는 김 위원장의 말이 들렸고
얼마 뒤, 수화기 너머로 김 위원장의 알 수 없는 큰 고함 소리가
몇 번 들리곤 끊어져 버렸다.

"동아! 니도 놀랬재? 깜박하고 있었는데 이렇게 직접 전화 할
줄이야!"

"그러게, 순간 당황했다. 마무리 얘기가 나온 거 보면 아마도
저번에 만나서 나눴던 얘기에 대한 거 같은데…"

"그러게, 나도 그런 거 같긴 한데, 내 쪽에서는 걸 수가 없으
니……. 별 수 없지 뭐. 또 오겠지."

유천은 간만에 좀 쉬려고 했는데 김 위원장의 전화에 긴장을
해서 쉬고 싶은 생각이 싹 사라져 버렸다.

"동아! 저번에 내가 기재부 장관에게 했던 말, 생각해 보니 너
무 장관에게만 책임을 미루는 거 같아서, 어느 정도 세부 정리
가 되면 내가 그냥 국민들에게 정중히 부탁하는 대국민 호소 방
송을 하는 게 어떨까 하는데……."

"그래, 그거 좋은 생각이네. 기재부 장관도 네 얘기 들으면 임청 반기겠는데."

오동도 맞장구를 쳤다.

그러곤 오늘 다녀간 국토부 장관의 부동산 대책 관련에 대해 서로 말을 하던 중, 다시 또 위성 전화가 울렸다.

"네, 위원장님. 잘 들리십니까?"

유천의 말이 잘 안들리는 듯 김 위원장의 다그치는 목소리가 섞여 흘러나왔다.

"이거 왜 이래…… 야!…… 동무!…… 어찌 해 보라우……."

가만히 수화기를 들고 건너편에서 들리는 말소리에 집중하던 유천과 오동은 끊기는 단어들 속에서 잡음의 원인이 청와대 건물 전파 방해 요인이 있을 거라는 추측과 함께 조심스레 위성 전화를 가지고 건물 밖 정원으로 나왔다. 여전히 잡음이 많았지만 그래도 어느 정도 대화는 할 수 있을 정도였다.

"이제 좀 낫구만. 유천 동지, 이 전화로는…… 얘기하기가 좀 힘들 것 같고…… 아시오? 옛날…… 직통 전화가 있었는데…… 그걸 부활 시키…… 내래…… 답답해서…… 못 하것소."

김 위원장의 끊기는 말을 알아들은 유천과 오동은 그렇게 하기로 하곤 얼마 뒤 오랜 세월 사용하지 않았던 직통 전화가 부활했다.

국민 투표

북과의 직통 전화가 부활하면서 1년에 한두 번 정도 벨이 울릴까 했던 유천의 생각은 크게 벗어났고, 김 위원장이 이렇게 말이 많고 친근감이 있는 사람인 줄은 꿈에도 생각지 못했을 정도로 직통 전화는 부활의 순간부터 수시로 울려 대고 있었다.

매일 아침 안부를 묻는 전화부터 시작해서 저녁에는 그날의 하루 일과를, 어떤 날은 술을 먹다가 전화를 했는지 말이 꼬여 있는 상태일 때도 있었다.

어느 순간 유천과 김 위원장은 마치 옛 친구라도 된 듯한 느낌이 들 정도로 친숙한 사이가 되었고, 유천이 대통령으로서 자리를 잡아가자 김 위원장이 그날의 일을 다시 꺼내 들었다.

"유천 동지, 이제 어느 정도 자리 잡은 거 같으니 그때 말했던 국토 재건설, 이제 행동으로 옮겨야 되지 않겠소?"

"안 그래도 그러려고는 하고 있지만, 여기 사정이 좀 여의치가 않아서요."

"뭐가 문제요? 다 해결해 주겠소."

"아시다시피 여기는 내가 하고 싶다고 다 할 수 있는 게 아니라서……. 아직 얘기도 못 꺼낸 상태입니다. 여러 가지 문제가 많아 그것들과 함께 국회의 동의를 받으려고 기다리고 있는 중입니다. 조금만 더 기다려 주시지요."

"그러다 언제 시작하려고 그러오? 그냥 밀어붙이는 편이……."

"조금만 더 기다려 주십시오. 동의를 받아낼 자신이 있습니다."

"그렇게 오래 기다려 줄 수는 없소. 최대한 빨리 결정해 주시오."

화가 난 듯 끊어 버린 김 위원장, 끊어진 수화기를 들고 한참을 고민에 빠져 있는 유천을 본 오동이 물었다.

"천아! 어떻게 할 생각인데? 그들을 설득하는 게 쉽지만은 않을 건데……."

"차라리 내가 김 위원장이었다면 그냥 밀어붙일 텐데, 어떻게 할 도리가 없다. 이제 그들을 불러 모을 때가 되지 않았나 싶다."

"모아서 어쩌려고? 말이 통하지 않을껄?"

"그들이 안 된다면 국민들에게 물어봐야지. 아! 근데 아직까지 기재부랑 국토부 연락이 없네. 그게 나와야 싸잡아서 해결을 볼 건데……."

유천은 보고가 늦는 기재부와 국토부에 전화를 걸어 이번주 중으로 보고하라고 말하고는 한숨을 지었다.

그리고 이틀 후 기재부와 국토부 장관이 함께 무거운 발걸음으로 유천을 찾아왔고, 이어 기재부 장관의 모금 운동에 관한 브리핑이 시작됐다.

"우선 저희 기재부에서 보도 자료를 내놓고 브리핑 후 각 시, 도, 군 등에 협조 공문을 발송하여 각 지역별로 납부 고지서를 발부할 예정입니다. 최종 금액은 지금 부채의 50%를 기준으로 해서 5천 원에서부터 시작해서 1억까지 분류를 했습니다. 상세한 내용은 앞의 자료를 보시면 됩니다."

한참을 아무 말 없이 기재부 장관이 가져온 자료를 검토하던 유천이 입을 열었다.

"장관님 수고하셨습니다. 제 생각을 말씀드려도 되겠습니까?"

"네, 참고하겠습니다."

"우선, 괜히 제가 장관님께 민폐를 끼친 거 같아서 죄송합니다. 생각해 보니 금액을 정해서 고지서를 발부한다는 것이 강요한다는 느낌이 크고 이걸 받아 본 국민들의 반발도 많을 것으로 생각이 됩니다. 그래서 이 일은 제가 대국민호소문을 발표하고 각 방송사를 통해 모금 계좌를 송출하고 자발적인 모금 운동으로 가는 것이 나을 것 같은데 어떻게 생각하시는지……."

유천의 말에 그제서야 창백하게 그늘진 기재부 장관의 얼굴이 환하게 밝아지기 시작했다.

그리고 국토부 장관의 브리핑이 이어졌다.

"이번 부동산 관련 정책의 골자는 보유세를 대폭 증대 한 것이 주요 사항입니다. 자료를 보시면 다주택자의 기존의 양도세, 종부세 등 각종 세율을 더 올리면서 보유세를 대폭 인상하였습니다. 상세한 사항은 자료를 봐 주십시오."

국토부 장관의 자료를 쳐다보다가 이해가 안 가는 듯 유천은 오동에게 물었다.

"동아! 니는 이해 가나?"

"음…… 좀 어렵긴 한데 이해는 간다."

"장관님! 앞의 부동산 관련 정책들도 일반 시민들이 알아듣기 어려웠는데, 이번에는 더 어렵네요. 좀 쉽게 할 수는 없는 건가요? 사실 양도세, 종부세 세율 계산이 너무 어려워 이게 실제로 어느 정도가 되는지 누구도 알 수 없을 것 같은데……."

"하지만, 일률적으로 매기게 되면 차별성이 없어지다 보니……."

"이해는 갑니다만, 복잡한 것을 그냥 단순화시키는 게 좋을듯합니다. 그냥 다른 거는 손대지 말고 보유세만 1주택, 2주택, 다주택자들 구간만 나눠서 보유세율만 0%에서 10% 구간으로 정하는 게 어떨까 합니다만, 세부적인 사항을 2일 이내에 다시 보고해 주시면 이것도 제가 대국민 호소문 발표 시 같이 하도록 하겠습니다."

"알겠습니다. 최대한 빨리 마련해서 보고 올리도록 하겠습니다."

나가는 기재부와 국토부 장관의 발걸음이 한층 가벼워 보였고 장관이 나가자마자 오동이 한숨을 쉬며 말했다.

"어이구! 네가 다 해라, 네가 다 해."

"어쩌겠노? 내가 책임져야지. 그들에게 책임을 전가할 수는 없잖아."

"그래, 그래. 자알 한다. 지 죽는 줄도 모르고……."

그러는 유천을 뒤로 오동은 혼잣말로 중얼거리며 밖으로 나갔다.

그리고 정확히 이틀 후, 기재부와 국토부 장관의 수정안을 받아든 유천은 각 당 대표들에게 중요한 사안이 있어 청와대로 오라는 전화를 돌리기 시작했다. 결전의 날이 다가오면서 유천은 바짝 긴장하기 시작했다.

"동아! 드디어 내일이네. 좀 떨리는걸……."

"그래. 그들이 어떻게 나올지. 아마 한바탕 전쟁이 벌어질 테지."

결전의 날 한 명, 두 명 당 대표들이 모이기 시작했고, 곧 일곱 당의 대표가 한자리에 모였고, 유천이 회의실로 이동할 때까지 그들은 화기애애하게 안부를 물으며 일상적인 대화를 주고 받았다. 개와 고양이 사이 같은 당대표들이 함께하는 자리가 이렇게까지 조용했던 적은 극히 드물었다. 아마도 그들은 유천이 무소속이라 '일곱 당 대 대통령'이라는 생각으로 오랜만에 서로 손을 맞잡았을지도 모르는 일이었다.

문을 열고 조용한 회의실로 들어선 자신을 보고도 자리에서 일어나 반겨 주지 않는 당 대표들을 쳐다보며 유천은 씁쓸하게 인사했다.

"안녕들 하십니까? 분위기가 화기애애하니 참 보기 좋습니다. 하하하."

약간 비꼬는 듯 아닌 듯한 말로 맞받아쳤다. 그러자 약간 심기가 불편한 듯 제1당 대표가 다짜고짜 쏘아붙였다.

"그건 그렇고, 우릴 다 이 자리에 불러 놓고 의논할 사안이라는 것에 대해 묻고 싶습니다만……."

"차나 드시며 숨 좀 돌리면서 천천히 얘기 하시지요."

그렇게 본격적인 결전을 앞에 두고 유천은 천천히 편안한 대화를 유도하면서 당 대표들의 얼어붙은 마음을 녹이기 위해 노력했다.

어느 정도 지나, 한결 부드러워진 회의 석상이 되자 그제서야 유천은 입을 열었다. 제일 먼저 기재부에서 가져온 국채에 관한 상세 자료를 각 당 대표들에게 보여 주며 이대로는 언젠간 또 한 번 IMF 같은 위험한 시기가 다가올 거라는 사실, IMF 시절 금 모으기 운동의 성공적인 사례, 1907년 있었던 국채 보상 운동 등에 대해 말했다. 그리고 바로 지금이 이를 바로잡아야 할 시기이며 그 방법으로 제2의 국채 보상 운동이 필요하며 그 방법에 대해서도 상세히 설명했다.

유천의 기나긴 설명을 들은 제1당 대표가 잠시 후 말했다.

"잠시만 저희끼리 의논할 시간을 좀 주시지요."

제1당 대표의 말에 유천과 오동은 그 자리를 피해 나가면서 희망을 가졌다.

"이건 별 문제 없이 될 거 같은데……."

"그래, 네가 얘기할 때 그들 얼굴을 자세히 살펴 봤는데, 그렇게 눈살을 찌푸리거나 한 사람은 없었고 다들 긍정적인 거 같더라고. 문제는 이 다음부터겠지. 아마도 섣불리 동의하지는 않을 거야."

한편 유천이 나가자, 제1당 대표가 말했다.

"우리도 이 사실에 대해 다들 알고 계시지 않았습니까? 대통령이 직접 한다고 하니 아주 좋은 일이지요. 우리는 손 안대고 코 푸는 격이지 않습니까? 하하하. 하다가 잘못되면 대통령 지지도만 떨어질 거고, 잘 하면 여러 가지 묶어서 탄핵까지도 생각할 수 있겠지요. 아무튼 전 찬성하는 바입니다. 다른 분들은 어떻게 생각하시는지요?"

제1당 대표의 말에 다른 당대표도 만장일치로 찬성했다. 그렇게 당대표들의 긍정적인 얘기를 들은 유천은 이어 부동산 관련 대책 안에 대해 조심스럽게 설명하기 시작했다.

이때까지 진행해 왔던 부동산 관련 대책 안들의 실패 요인, 근본적이면서 단순한 방법이 필요하다는 설명과 더불어 이번 부동산 대책 안에 대해 차분히 설명해 나갔다. 하지만 유천의 설명이 채 끝나기도 전에 그들의 거친 압박이 시작됐다.

"아니! 보유세를 그렇게까지 올리면 어쩌자는 겁니까? 집 몇 채 가지고 있는 게 죕니까? 이건 말 그대로 있는 사람 돈을 빼먹겠다는 건데. 말도 안 되는 말입니다. 절대 있을 수 없는 일입니다."

제1당 대표의 말을 시작으로 해서 여기저기서 안 된다며 강하게 반발하고 나섰다.

"다들 알고 계시지 않습니까? 지금 부동산이 어떤지, 지금 젊은 세대들은 집 한 채 장만하기도 힘듭니다. 평생 안 쓰고 모아봐야 집 한 채 마련하기 힘든 상황에서 누가 결혼을 하고 애를 낳습니까? 맨날 저출산 대책 마련한다고 하는데 근본적인 원인을 잡지 못하는 상황에서 해결이 됩니까? 결국 언젠가는 우리나라도 일본을 따라가게 될 것입니다."

"말을 좀 이상하게 하시네요. 저출산이랑 그거랑 뭔 연관이 있다고 저출산 얘기를 하십니까? 그리고 그동안 뼈 빠지게 일하고 아껴서 이제 와서 좀 살 만한 사람들에게 집이 있단 이유로 지금 세금 폭탄을 맞고 망해라 이 말입니까? 다 같이 죽자는 말 아닙니까?"

제2당 대표도 한마디 거들었다.

"그 말이 아니지 않습니까? 보십시오. 핵심은 다주택자들입니다. 1가구 1주택자는 해당되지 않습니다. 그리고 앞으로 미래 도시 건설이 완료되면 부동산이라는 개념이 없어지게 될 것입니다."

조심스러우면서도 자연스럽게 미래 도시 건설의 얘기를 덧붙였다.

"뭐라고요? 잠시만요, 지금 무슨 말을 하시는 건지? 미래 도시? 뭐라고요?"

제1당 대표가 유천의 입에서 갑자기 튀어나온 미래 도시 건설이라는 말에 황당해하며 말을 더듬거렸다. 그렇게 서서히 유천은 미래 도시 건설에 대한 이야기로 넘기면서 그동안 찬식의 무동력 개발 장치에 대한 간략한 설명과 함께 곧 실증 단계를 거쳐 실생활에 적용 가능하다는 사실을 알렸다. 또한, 유미의 물의 전기 분해 및 합성을 통해 언제 어디서든 공기 중에서 깨끗한 물을 만들어 먹을 수 있는 환경을 구축할 수 있으며, 이를 통해 전 세계에서 최초이자 최고의 나라로 성장해 나갈 수 있을 것이라는 확신에 찬 말을 하며 미소 지었다. 유천의 말에 당 대표들은 속으로 '선거 때 나온 말들이 그냥 한 말이 아니었네.'라고 하며 어이가 없다는 듯 순간 정적이 맴돌았다.

그리고 잠시 조용한 틈을 이용해서 유천이 바로 세부 계획에 대해 바로 이어갔다. 국민들이 실제 생활하는 환경에서 완벽한 네트워크 구축하는 것은 어려운 일로, 남북 국민 대이동을 통해 우선 북측에 우리나라 국민들이 거처할 수 있는 임시 터전을 만들어 국민들을 전면 이동시킨 후, 우리나라의 국토를 전면 갈아 엎어 빈 토지 위에서부터 차근차근 미래 도시를 구축할 것이며, 우리나라가 끝나면 북측의 주민들을 남쪽으로 전면 이동하여 북측도 같이 개발할 것임을 당 대표들에게 차근차근 설명해 나갔다.

유천의 말에 흥분한 제1당의 대표가 자리를 박차고 일어나며 말했다.

"아니! 당신이 뭔데? 누구 마음대로 전 국민들을 이주시키고 나라를 뒤엎는단 말이오. 애들 장난인 줄 아시오?"

"거! 너무 하시는 거 아니오? 대통령을 보고 당신이라니?"

지나친 제1당 대표의 언행에 오동이 심기가 불편한 듯 맞받아쳤다. 거기에 맞서 제2당 대표도 제1당 대표와 뜻을 같이하며 말했다.

"정말 말도 안 되는 말을 이렇게 아무렇지도 않게 하시다니, 정말 실망했습니다. 그래도 한 나라의 대통령이라는 사람이 무슨 영화 찍는 것도 아니고 그게 마음대로 된답니까? 북에서는 우릴 받아 준답니까? 이런 말도 안 되는 소릴 하려고 우릴 불러 모은 겁니까? 더 이상 들을 필요도 없는데, 다들 일어나시죠."

일어서는 당 대표들을 바라보며 유천이 결정적인 한마디를 했다.

"북에서 받아 준다면 어떡하시겠습니까?"

"그럴 일은 없겠지요. 만약에 있다 해도 그 필요성을 못 느낍니다만……. 지금도 우리들은 불편 없이 잘 살고 있지 않소?"

그들의 말에 유천은 속삭이듯 중얼거렸다.

"그렇지요. 당신들은 잘 살고 있지요. 하지만 이 나라의 국민들이 정말 잘 살고 있습니까?"

잠시 동안 흥분을 가라앉히고는 그동안에 있었던 김정은 위원장과의 만남과 전화 내용을 밝혔다. 북측과는 어느 정도 합의가 되었고, 충분히 실현 가능한 일로써 앞으로 우리나라가 초강대국으로 나아갈 수 있음을 다시 한번 그들에게 강조했다. 하지만 대통령인 유천의 그런 간곡한 말에도 불구하고 그들은 털끝 하나 변함이 없었다. 아마도 그들은 앞으로 다가올 변화가 자신들의 기득권에 어떻게 작용될지 두려웠는지도 모르는 일이었다.

그렇게 설득과 반대의 늪에 빠져 한참 동안 결과 없는 말들이 이어졌고, 도저히 답이 나오지 않자 유천은 급격한 제안을 했다.

"그럼! 이렇게 하시지요? 우리끼리 답이 안 나오니 차라리 국민들에게 물어보는 게 어떻습니까?"

"그 말은 즉, 국민 투표를 하자는 말입니까?"

유천의 말에 제1당 대표가 되물었다.

"네. 이 나라의 주인인 국민들에게 물어봐서 국민들이 반대하면 저도 기꺼이 포기하겠습니다."

"그걸로는 부족하지요. 말도 안 되는 정책을 하고 계신 대통령직도 내려놓아야 되지 않겠습니까?"

강경하게 제1당의 대표가 밀어붙였다.

"좋습니다. 그렇게 하겠습니다. 만약 국민들이 찬성한다면 더 이상 반대는 안 하시기로 약속하신다면 저 또한 직을 같이 걸겠습니다."

그렇게 그들과의 협상이 마무리되었으며, 다음 날 유천은 제2의 국채 보상 운동의 대국민 호소와 함께 부동산, 미래 도시 건설과 관련한 내용을 석 달 후 국민 투표에 부칠 것임을 공표했다.

어느덧 석 달이 지나 국민 투표가 진행되었고 투표 결과는 아슬아슬하게 유천이 이기게 됨으로써 유천은 공식적으로 부동산 관련 정책 시행과 함께 미래 도시 건설을 추진할 것임을 알렸다. 또한 모든 시, 도, 군의 최소한의 예산을 제외한 모든 예산을 국가로 귀속시킴과 동시에 박찬식 박사와 최유미 박사의 연구가 끝나는 대로 대한민국 대부분의 건설사들을 북으로 올려 보낼 것임을 공표했다.

그리고 마지막으로 북에도 이 사실을 알렸다.

미중 개입

갑작스러운 남북의 이런 발표에 전 세계는 들썩였다. 연일 전 세계의 나라가 남북의 미래 도시 건설의 핵심인 찬식과 유미의 연구물인 무동력 개발 장치와 물 분자의 전기 분해와 합성에 관해 어머어마한 관심을 보이기 시작했다. 한편으론 언제 배신할지 모르는 북한에 대해 앞으로 한국이 어떻게 대처해 나갈지 심려도 된다며, 하지만 잘만 이뤄낸다면 남북통일로 나아가는 지름길이 될 수도 있다는 긍정의 보도와 함께 앞으로의 남북 동향에 관해 떠들썩거렸다.

한편 각 나라의 지도자들은 남북의 합작 발표에 대한, 특히 미래 도시 건설의 청사진과 그 신기술에 대한 정보를 빼내 오기 위해 서로 혈안이 되어 있었다. 특히 한국의 급성장을 우려한 미국은 더 심했고, 미 대통령 주재하에 연이은 긴급 회의가 소집되었다.

"CIA 국장, 한국의 이번 발표에 대해 뭐 좀 알아낸 정보는 없소?"

미 대통령의 질문에 CIA 국장이 고개를 숙이며 답했다.

"네, 아직까지는……. 저희 측에서도 전혀 생각지 못한 갑작스런 발표라, 하지만 정보국 최고 요원 중 한명을 급파해 놓은 상태입니다. 곧 소식을 받아 보실 수 있을 겁니다."

"참나! 이렇게 되기까지 그동안 뭘 했단 말이오? 내가 알기론 이번 대통령 선거 때부터 말이 나왔다는 걸로 들었는데, 지금까지 도대체 뭘 했단 말이오?"

그동안 단 한 번도 화내며 다그친 적 없었던 대통령의 정반대의 모습에 그 자리에 앉아 있던 다른 장관들도 순간 얼어붙어 버렸고, 한동안 회의장 안에서는 무거운 침묵만이 흘렀다.

"그럼, 남북 합작해서 한다는 국토 재건설 말이오. 남북을 번갈아가며 새로 건설한다는 것, 그건 어떻소? 다들 가능하다고 생각하시오?"

그 정적을 깨는 미 대통령의 말에 응답하듯 국방부 장관이 말했다.

"완전히 부정할 수는 없는 일이지만 그렇다고 쉽게 될 거라고는 생각되지 않습니다. 아시다시피 김정은 위원장이 언제 말을 뒤엎을지 모르는 일이고, 자칫하면 북이 자연스레 남한으로 흡수될 수도 있는 일이라 체제 유지를 위해서라도 섣불리 진행하지는 못 할 것입니다."

국방부 장관의 말에 CIA 국장도 한마디 거들었다.

"국방부 장관의 말이 맞습니다. 북한이 아직까지는 김정은 위원장의 입지를 확고히 해 나가는 데 혈안이 되어 있는 상태고, 무리한 한국과의 교류는 성공적으로 이뤄지기는 힘들어 보입니다. 뭔가 다른 속셈이 있을 수도 있습니다."

"다른 속셈이라면?"

"우리를 압박하려는 속셈일 수도 있고…… 아님, 최근 북에 비협조적인 중국을 압박하려는 속셈일 수도……."

CIA 국장의 말에도 일리가 있었지만, 단순히 그런 이유라면 지금까지 해 왔던 북핵만으로라도 가능했을 것이라 미 대통령은 생각했다.

"우리 측에서 압박할 수 있는 방법은 없소?"

대통령의 질문에, 기다렸다는 듯 국방부 장관이 입을 열었다.

"지금 상황에서 갑작스레 우리가 남북을 향한 뭔가의 제재를 가하거나 접촉을 한다면 세계 여론의 총알받이가 될 게 뻔한 사실입니다."

"그래서 어쩌자는 거요?"

"우리에겐 SMA(한미 방위비분담 협정)가 있지 않습니까? 가장 빠른 시기에 안전하고 누구도 의심하지 않을 만남의 자리가 마련되지요. 그 자리를 이용하는 겁니다. 방위비 분담 비율에 대해 강경하게 나가면서 자연스럽게 남북의 미래 도시 건설에 대한 얘기를 이끌어 내는 것입니다. 그리고 상황에 따라 SMA는 져 주는 척하면서 남북 건설 계획에 우리도 발을 들여 놓는 방식으로 대화를 이끌어 내면 더할 나위가 없겠죠."

국방부 장관의 말에 재무부 장관이 나섰다.

"SMA를 져 준다니요? 그건 좀…… 사실 지금의 미 재정을 생각해 본다면 한국의 방위비 분담율을 높이지 않고서는 더 이상 주한 미군을 유지할 수 없는 수준입니다. 때에 따라서는 철수를 결정해야 될 상황입니다만……."

재무부 장관의 말에 국방부 장관이 맞받아쳤다.

"우리 군을 전부 철수시키면 앞으로 아시아권의 견제는 어떡하시려고요? 특히 중국은요? 그나마 세계 평화 유지라는 명분으로 우리 군이 한국에 주둔하면서 중국을 견제하면서 한국도 통제해 왔는데, 일순간 우리 군이 빠져버리면 그 순간 아시아권은 우리의 손에서 벗어날 것입니다. 그리고 그 핑계로 우리가 전략적 무기를 한국에 얼마나 팔아왔는지 아시지 않습니까?"

그 말에 각 장관들은 말없이 고개를 끄덕였다.

"그리고 알게 모르게 우리가 진행해 왔던 생화학 실험과 같은 위험한 실험들의 결과들, 그 결과가 어디서 왔는지 아십니까? 바로 한국입니다. 그 실험들로 인해 또 얼마나 우리가 힘을 얻었습니까? 그 실험들이 미국에서 가능하리라 보십니까? 여러모로 생각해 볼 때 이번 SMA는 한국의 분담금을 내리더라도 공식적으로 남북의 미래 도시 건설 계획을 알아낼 수 있는 좋은 기회라고 생각됩니다."

강력히 말하는 국방부 장관의 말에 대통령이 재무부 장관에게 물었다.

"솔직히 나도 남북의 이번 발표만 아니었다면 재무부 장관의 말에 동의했을 것이오. 하지만 지금 시기가 시기니 만큼 좀 생각해 봅시다. SMA가 언제요?"

"앞으로 3달 후입니다."

"좋소. 그럼 CIA 국장! 앞으로 한 달 안에 가능한 모든 정보를 수집해서 보고해 주시오. 그때 결정합시다."

한편 정보국으로 돌아온 CIA 국장은 직원들을 다그치기 시작했다.

"뭣들 하는 거야? 빨리빨리 움직여. 아직 한국에서 들어온 소식은 없나?"

"이제 막 한국에 도착했답니다."

"뭐야? 전용기 안 타고 갔어? 다들 뭐한 거야?"

"그게…… 국장님도 아시다시피 비밀리에 가는 거라, 전용기는……."

그 어떤 상황에서도 침착했던 CIA 국장도 시급히 돌아가는 지금 상황에서만큼은 정신을 못 차리고 있었다.

"아무튼 소식 들어오는 대로 바로 보고하도록, 그리고 한 달 동안 다들 집에 들어갈 생각도 하지 마. 요원에게도 앞으로 한 달 안에 모든 정보를 빼내 오라고 해."

국장의 고함 소리가 정보국 전체를 뒤흔들었다.

한편 그동안 북한의 정신적 지주 역할을 해오며 야금야금 북한을 흡수하려던 중국도 이번 남북 합작 발표에 놀란 것은 마찬가지였다.

중국은 그동안 1962년에 체결했던 조중변계조약으로 백두산의 일부 영토를 흡수한 데 이어 조만간 백두산 일대를 흡수하기 위해 그동안 알게 모르게 북을 압박하고 있었다.

물론 백두산 폭발의 위험도 알고 있었다. 그러나 백두산 일대에 퍼져 잠자고 있는 어마어마한 희귀 광물 자원에 대해 조사가 끝나고 광물 채취 및 개발 계획이 완료된 중국은 현재까지 북과의 경계로 인해 개발하지 못하고 있었다. 그뿐만 아니라, 여기에 또 하나 북한과의 경계 서한만 분지의 유전 문제도 같이 걸려 있었다. 중국은 이미 자체적으로 서한만 분지의 원유 매장량이 세계적인 수준의 규모임을 확인했다. 서한만 분지 유전 지대가 바로 북측 수역임을 알아채고는 북과 공동으로 채취하기로 했던 원유 개발 사업도 미국을 핑계로 철수했다. 그 이후 북에 압박과 회유를 통해 서한만 분지를 완전한 중국으로의 흡수를 위해 갖은 방법을 동원하고 있었던 중국의 입장에서는 이번 일이 결코 좋은 소식이 아니었다.

이번 남북의 발표로 곧 남북통일로 이어질 수 있을 거라는 불안감, 그리고 이미 빼앗아 온 백두산 지역의 영토 반환, 서한만 분지의 유전 문제에 대해 중국 내부에서 여러 가지 말들이 오고 갔으며 결국 중국의 최고 권력자들인 상무 위원들이 한자리에 모였다.

"그동안 우리가 북한에 너무 강경하게 대했나 보오. 김 위원장이 그럴 사람이 아닌데……."

주석이 아쉬우면서도 섭섭한 듯 말을 했다.

"그렇긴 하지요. 당근과 채찍을 번갈아 가며 했어야 됐는데, 너무 우리가 안일하게 대해 왔던 건 사실이지요. 그렇지만 한국과 이렇게 붙어 버릴 줄은 생각하지도 못 했습니다. 북을 다시 돌릴 방법이 없을까요? 만약 이대로 통일이라도 된다면 골치 아파지는데……."

총리도 앞으로의 일이 걱정스러운 듯 펜만 만지작거리며 말했다.

"어차피 일은 벌어졌고, 우리가 아무리 북측에 좋은 제안을 한다 해도 더 이상 김 위원장이 우릴 믿을 것인지 의문스럽습니다. 차라리 강경책으로 나가는 건 어떤지요?"

그 중 서열 3위인 상무 위원이 한마디 던졌다.

"괜히 그러다가 북과 더 이상 멀어지면 더 곤란해질 텐데, 앞으로 북에서 빼앗아 올 많은 것들이 남아 있지 않소."

인상을 찌푸리며 주석이 대책을 갈구하는 눈빛으로 총리를 바라보며 말했다.

"북에 이렇다 할 제재 방법이 없으니 차라리 내가 김 위원장을 함 만나보고 그 의중을 알아보겠습니다."

주석의 그런 눈빛을 알아챈 총리의 말에 서열 4위인 상무 위원이 총리를 감싸듯 말했다.

"굳이 총리께서 가실 필요는…… 그리고 모양새도 좋지 않습니다. 제가 갔다 오겠습니다."

"그럼 그렇게 하시오. 서둘러 떠날 준비를 하시오. 위원이 돌아오는 대로 다시 이 자리에서 만나도록 합시다."

한편 한국에 급파된 CIA 요원인 피터 박, 그는 LA 한인 출신으로 한국어뿐 아니라 어릴 때부터 한국에 대한 관심이 많아 공부도 많이 해 왔으며, CIA 요원이 되기 전 자주 한국을 다녀갔었다.

하지만 이번 한국 방문은 그에게는 기분 좋은 방문은 아니었다. 사실 CIA에서도 처음부터 피터 박을 선택한 것은 아니었다. 하지만 단시간에 정보를 캐내오려면 언어도 되며, 현지 사정을 잘 아는 요원을 고를 수밖에 없었고, CIA 요원 중 누구보다 한국을 잘 알고 한국어를 잘 하는 요원이 피터 박뿐이었다.

세계 여러 나라 언어들 중 제일 배우기 힘든 언어가 한국어였기 때문에 CIA 요원 중에서는 한국어를 아는 요원이 극히 드물었다. 그리고 여지껏 한국에 요원을 배치할 필요가 없었기 때문에 한국어라는 언어를 요원들에게도 무리하게 강요하지 않았던 결과일지도 몰랐다.

한국에 도착하자마자 피터 박은 한 달이라는 시한에 쫓겨 대통령 선거 때부터 지금까지의 신문들을 빠짐없이 밤새 훑어 내려가기 시작했다.

하지만 신문 기사의 내용만으로는 어느 정도의 정황들만을 알 수 있었을 뿐, 그 이상이나 이하의 내용은 알 수가 없었다. 우선 피터 박은 국토 재건설의 핵심은 박찬식 박사와 최유미 박사의 연구에 달려 있으며, 박찬식 박사는 성삼전자 어딘가에서 실증 실험을 하고 있을 것으로 생각되며 최유미 박사의 거처는 아직 파악하지 못했다는 내용을 CIA에 보냈다.

한편 서열에 떠밀리듯 북에 도착한 중국 서열 4위인 상무 위원은 북으로 출발에서 도착 때까지 심기가 얼마나 불편한지 그의 얼굴이 대변해 주고 있었다.

하지만 그를 기다리고 있던 김 위원장을 보고는 전략적 미소를 지으며 마치 오래전 친구를 만난 듯 포옹을 했다.

"이렇게 얼굴을 보니 참 좋구려. 자주 오고 가야 되는데 그동안 미안하오. 참, 요즘 건강은 좀 어떻소? 많이 안 좋다고 들었소만……."

"많이 좋아졌습니다. 근데 갑자기 무슨 일이 있습니까?"

갑작스런 그들의 방문에 김 위원장은 넌지시 의중을 물어봤다.

"뭐, 그냥 얼굴 보러 왔지요. 우리끼리 뭔 일……. 그냥 김 위원장 얼굴도 한번 볼 겸, 어떻게 지내나 궁금하기도 해서……."

한 손에 김 위원장이 좋아하는 샤토 라투르 1980년산 와인을 흔들어 보이며 유혹했다.

"저녁에 한잔 어떠시오?"

김 위원장은 자신이 좋아하는 술을 보고는 잠시 망설이는 듯하더니 군침을 삼키곤 웃음 지으며 말했다.

"좋습니다. 간만에 내가 좋아하는 에멘탈 치즈도 준비하겠수다."

사실 그동안 김 위원장은 건강을 핑계로 와인과 치즈를 금하고 있었는데, 김 위원장의 입장에서는 더할 나위 없는 핑곗거리였다.

그렇게 저녁 만찬 자리가 만들어졌고, 간단하게 시작했던 자리가 김 위원장이 와인 한 병을 더 꺼내들기 시작하면서 분위기는 점점 무르익어갔다.

어느 정도 취기가 올라가자 서서히 상무 위원이 말을 꺼내기 시작했다.

"그건 그렇고, 김 위원장! 최근에 이상한 소식이 있던데…… 거 뭐야? 남북공동개발?"

"아! 그거 말 그대롭니다. 남한이랑 같이 공동으로 남북을 개발해서 선진 조국을 만들어내자 그런 거지요."

"남한과 어디까지 얘기가 된 거요?"

"뭐, 아직까진……. 구체적인 건 나중에 할 거고, 우선 남북 공동으로 같이 하자는 내용에는 서로 얘기가 오고 갔습니다."

"남한에서 하는 얘기로는 남북 주민들의 대이동도 말하던데……. 그러면 북한, 아니 김 위원장이 좀 위험하지 않겠소?"

"그런 면도 좀 있겠지만, 우리 쪽으로 이동한 남한 주민들을 잘 세뇌시키면 더 좋은 일이 일어나지 않겠습니까? 거기다 남한 이 알아서 우리도 개발해 주겠다는데 마다할 필요가 없지요."

"그래도 김 위원장의 체제 유지가 어려워질 수도 있을 텐데……. 차라리 그러지 말고, 우리가 최대한으로 도와줄 테니……."

"걱정 마십시요. 우린 저게 있잖습니까?"

여차하면 핵이라도 쏘아 올리겠다는 의미로 벽면에 붙어 있던 수많은 핵 실험 사진들을 가르쳤다. 솔직히 김 위원장은 갑작스런 중국의 방문 목적을 알고 있었고, 지금까지 북에 전혀 도움이 되지 않는 중국의 도움 따윈 필요 없다는 것을 알고 있었다. 김 위원장은 쓴 웃음을 지으며 와인 한 잔을 들이켰다. 그러나 계속된 북 체제 변화를 걱정하며 말하는 상무 위원의 말에 더 이상 편하게 와인이 넘어가지 않았다.

"거, 너무 걱정 마시오. 내 알아서 할 테니!"

짜증섞인 말로 자리에서 일어나, 시중드는 기쁨조에게 손짓을 했다.

"밤도 깊었으니 오늘은 여기까지 하시지요. 피곤하실 텐데."

상무 위원이 떠나자, 남아 있던 와인과 치즈가 계속 눈앞에 아른거려 결국 김 위원장은 혼자서 남아 있던 와인과 함께 상무 위원의 말을 곱씹으면서 잠깐 생각에 잠겼다.

그렇게 상무 위원은 별 성과 없이 중국으로 돌아갔고, 상무 위원들이 다시 한자리에 모여들었다.

"어찌되었소?"

다급하게 물어보는 주석의 말에 김 위원장을 만나 나눴던 얘기들을 하기 시작했다.

"그게 일단 남북공동개발에는 합의를 본 듯하지만, 아직 그 세부적인 사항에 대해서는 얘기가 오고 가지는 않은 듯 보입니다."

"그 말은 즉, 앞으로 어떻게 될지 모른다는 얘기요? 때에 따라서는 무산될 수도 있단 말인가?"

"근데 그게 좀…… 김 위원장과 얘기를 나눠 보니 의지가 확고하여 어떻게든 진행이 될 거 같습니다."

상무 위원의 말에 인상을 찌푸리는 주석을 보며 한동안 가만 있던 총리가 거들었다.

"위원의 말을 들어 보니 더 이상의 회유책은 통하지 않을 것 같으니 이번엔 강경책으로 나가는 건 어떨지요?"

"강경책이라 함은 어떻게?"

"우선 이번에는 제가 북으로 가서 김 위원장을 한번 만나 회유를 해보겠습니다. 정 안되면…… 압박을 해야겠지요. 한국에도 미군이 파병되어 있으니 우리도 북을 지켜 준다는 번듯한 말로 우리 군을 북에 파병한다고 하는 것입니다."

총리의 이 말에 주석은 걱정스러운 듯 물었다.

"우리 군을 파병한다니 말도 안 되는 말을…… 미국이 가만히 있겠소? 자칫하면 3차 세계 대전이 벌어질 수도 있소. 만약 그렇게 된다고 해도 그 자금을 어떻게 감당할 것이오?"

"그냥 협박하는 거지요. 아마 김 위원장도 그냥 못 들은 채 하지는 않을 겁니다. 만약 김 위원장이 승낙한다면 우리로서는 더 좋은 일 아니겠습니까? 이대로 천천히 북한을 집어 삼킬 수 있는 기회가 되겠지요. 물론 그동안 자금이 많이 들어가겠지만……."

"하지만… 너무 위험한 거 같은데……."

말끝을 흐리는 주석을 살핀 후 총리가 말을 이어갔다.

"어차피 김 위원장도 반대할 것이 뻔합니다. 일부러 던지는 거지요. 그러고는 마지막으로 어쩔 수 없이 우리는 최소한 북을 지켜 주기 위해 중국과 북한의 경계 지역에 우리 군을 집중 배치하여 여차하면 내려갈 수 있게 삼엄한 경비를 취할 것이라고 하는 겁니다. 이것까지는 북한과 미군이 어찌할 도리가 없겠죠? 우리 영토를 지키기 위해서라는 대의명분을 내놓으면 되는거니까요. 그렇게 언제든지 우리는 북으로 내려갈 수 있다는 듯 북을 압박하는 겁니다."

"알겠소. 그럼, 이번 일은 총리에게 모든 일을 일임하도록 하겠소."

총리에게 북에 관한 일을 일임한 주석이 떠나자, 말은 그렇게 했지만 무거운 마음에 위원들을 둘러보며 따라 나설 위원이 있느냐며 물어봤지만 아무도 나서지 않았다.

그렇게 북으로 향한 총리, 하지만 김 위원장을 회유하지 못한 채 결국 총리가 말한 대로 진행되고 말았다.

한편 CIA 국장은 피터 박으로부터 받은 내용을 백악관에 보고했고, 미 대통령은 찬식과 유미의 연구에 대해 관심을 보이며 '아마도 남북공동개발의 성공 여부는 그 두 사람의 연구 결과에 따라 결정될 것이다.'라고 하며 두 사람의 연구 내용에 대한 은밀한 조사를 지시했다.

CHAPTER

11.

사라진 찬식

한편, 남북공동개발의 청사진에 대해 조사하고 있던 피터 박. 대한민국 내 누구라도 남북공동개발은 알고 있었지만, 그 세부 사항은 누구 하나 알고 있는 사람을 만날 수 없었다. 피터 박은 직감적으로 현 대통령과 선거 운동을 함께 했었던 일부 몇 사람만이 알고 있을 것 같은 느낌이 들어 그때 사람들의 행방에 대해 알아보고 있던 중이었다. 그러던 중 CIA에서 날아온 전령을 확인하고는 깊은 탄식을 내뱉었다.

며칠을 그들의 꼬리를 찾으려 노력해 봤지만 대통령 당선 이후로 신오동과 이유진을 제외한 그들의 행방은 묘연했다. 어디론가 사라져 버린 듯한 그들의 행방, 더군다나 찬식과 유미 박사의 연구 내용을 조사하라는 명령은 피터 박에게는 모래밭에서 바늘 찾기만큼 어려운 일이었다.

결국 피터 박은 일말의 희망을 가지고 지금 만날 수 있는 유일한 인물인 유진을 만나기 위해 부산으로 내려갔다. 방송 작가로 위장한 피터 박은 호프집에서 어렵지 않게 유진을 만날 수 있었다. 유진의 의심을 피하기 위해 피터 박은 현 대통령의 선거 시절의 무용담에 대해 다큐멘터리를 찍고 싶다며 유진에게 접근을 했고, 유진도 흔쾌히 받아들였다.

피터 박은 유진이 마치기를 기다리며 간만에 찾아온 여유로운 시간에 호프 한잔과 함께 활기 넘치는 학생들의 모습을 보며 한때의 젊은 시절을 회상하고 있었다.

얼마가 지났을까? 피터 박이 앉아 있던 자리로 호프 두 잔과 간단한 안주 한 접시를 가지고 유진이 앉았다.

"오래 기다리셨죠? 죄송해요."

"아닙니다. 간만에 청춘 남녀들이랑 섞여 있다 보니 저도 한층 더 젊어진 것 같고 좋은데요, 뭘."

"에이! 지금도 엄청 젊어 보이시는데요, 뭘. 누가 보면 학생이라고 해도 모를 걸요?"

유진의 기분 좋은 칭찬에 방긋 웃으며 피터 박은 취재를 시작했다.

"그건 그렇고, 유진 양 대통령 선거 운동 시 같이 활동했다고 하던데?"

"네, 어떻게 하다 보니 그렇게 되었어요. 제가 그때 SNS에서 좀 활발히 활동하다보니 아저씨, 아니 대통령님께서 저보고 도와달라고 하셨죠."

"그럼 그때부터 좀 차근차근 말씀해 주세요."

피터 박은 의심받지 않게 필기구를 꺼내 들었다. 한참을 유진

에게 그동안 있었던 일들에 대해 듣고 난 피터 박은 좀 더 상세히 물었다,

"아! 그럼 이번에 대통령께서 공표한 남북공동개발이라는 계획이 그때부터 이미 계획이 되어 있었던 거네요?"

"네, 그렇다고 볼 수 있죠."

"그럼 혹시 박찬식 박사님과 최유미 박사님의 연구 내용에 대해서도 알고 계시나요?"

피터 박의 말에 고개를 갸우뚱하며 유진이 말했다.

"저야 잘 모르죠. 기술적인 면이라…… 하지만 박찬식 박사님이랑 최유미 박사님의 연구는 꽤 성공적이라고 듣기는 했어요. 곧 실생활에서도 쓰이게 될 거라는 말은 들었어요."

이제까지 허풍으로만 알고 있었던 피터 박은 유진의 그 말에 무척이나 놀라 자리에서 벌떡 일어났다. 피터 박의 그런 행동에 유진도 덩달아 깜짝 놀라며 자랑스러운 듯 말했다.

"대단하죠? 저도 처음에는 그게 실현 가능한 일인가하고 의심했죠. 근데 성삼이랑 NG가 뛰어드는 걸 보고는 진짜구나 했죠."

"NG요?"

"아! 모르셨구나. 박찬식 박사님 연구는 성삼에서, 최유미 박사님 연구는 NG에서 계속 진행 중일 걸요?"

"아! 그렇군요. 그럼 혹시 박찬식 박사님이랑 최유미 박사님을 만나려면 어떻게?"

"아마 어려우실 텐데……. 저도 두 분이 거기로 가신 이후로는

한 번도 뵌 적이 없거든요. 지금 어디에 있는지도 몰라요. 가끔씩 청와대를 왔다 간다는 소문이 들리기는 했는데……."

그렇게 유진과의 만남이 끝나고 생각보다 많은 정보를 입수한 피터 박은 이때까지 학생이 뭘 알고 있을까 하는 편견을 가지고 차일피일 유진을 만나보기를 미뤄 왔던 자기 자신을 힐책했다. 우선 이 내용을 CIA에 보고하고 난 후, 피터 박은 청와대 인근에서 언제 올지 모르는 찬식을 쫓기 위해 잠복을 시작했다.

한편 피터 박의 보고를 받은 CIA 국장, 소스라치게 놀라며 황급히 백악관으로 향했다. 그리고 무슨 수를 써서라도 그 연구 내용을 빼내 오라는 특명을 받아들고 나오는 CIA 국장의 발걸음은 한없이 무거웠다.

며칠을 청와대 인근에서 서성거렸을까? 마침내 청와대 출입문 앞에서 찬식이 무슨 상자 같은 것을 검열을 받고 있는 모습이 피터 박의 눈에 띄었다.

이내 검열을 마친 찬식은 청와대 안으로 들어갔고, 피터 박은 언제 나올지 모르는 찬식을 놓치지 않으려고 경호원들이 눈치채지 못하게 계속 주시하고 있었다.

찬식이 왔다는 말을 전해 들은 유천과 오동은 오랜만에 찾아온 찬식을 보고는 활짝 웃어 보였다.

"식아! 너 살이 좀 빠진 것 같다."

유천의 농담 섞인 말에 피식 웃으며 대답했다.

"뭔 소리야? 너거들 거울이나 보냐? 얼굴들 좀 봐라. 남 걱정하지 말고 너거들 걱정이나 해라."

순간 찬식이 들고 있는 상자를 보며 유천이 물었다.

"그건 뭐냐?"

"하하하, 이거? 굉장히 중요한 물건이지."

찬식은 유천의 물음에 박스 상자를 풀어헤치며 상자 안의 물건을 꺼내 들었다.

"뭐야? 웬 전자레인지?"

어처구니 없는 듯 의아해 하는 오동을 보며 상자 안에서 또 뭔가를 꺼내드는 찬식, 다름 아닌 먹태와 캔 맥주였다.

"야! 지금 뭐하자는 거냐? 여기서……."

찬식의 갑작스런 행동에 짜증 섞인 말투로 오동이 말했다.

"기다려 봐라. 축배를 들어야지."

찬식은 먹태를 레인지에 넣고 돌려 막 구워져 나온 먹태와 캔 맥주를 유천과 오동에게 건네주고는, 건배를 외쳤다. 그런 찬식의 모습을 보다 못한 오동이 조용히 유천에게 말했다.

"천아! 조심해라. 이상하다. 미친 거 아이가?"

"잠시만! 일단 한번 맞춰 줘보자."

그러면서 같이 건배를 외치며 맥주 한 잔과 함께 먹태를 씹었다. 그 모습을 본 찬식은 연신 웃어대며 말했다.

"먹태 맛이 어때? 괜찮지? 어때, 대단하지 않아?"

그런 찬식을 아무 말 없이 멍하니 쳐다만 보고 있는 유천과 오동에게 찬식이 한심한 듯 둘을 번갈아 쳐다보며 말했다.

"참나! 아직 모르겠어?"

도무지 알 길이 없다는 듯이 고개를 갸웃거리는 유천과 오동에게 찬식은 그 비밀을 말했다.

"자! 봐라. 이 전자레인지가 어디에 있는지?"

찬식은 전자레인지를 번쩍 들어 올렸다. 그랬다. 전자레인지에는 전기 코드선이 없었다. 그제서야 유천과 오동은 깜짝 놀라며, 놀란 가슴을 쓸어 내리듯 벌컥벌컥 맥주를 들이켰다.

"야! 드디어 성공한 거가? 와! 진짜?"

"일단은……."

그리곤 또 다른 뭔가를 주머니에서 꺼내들었다. 그것은 앞면에 작은 구멍이 두 개 있었고, 그 외에는 별 다른 것은 보이지 않았다.

"자! 이것 봐라! 이게 내가 개발한 장치인데……."

말하며 찬식은 유천의 컴퓨터 전원 코드를 뽑아 그 장치의 구멍에 밀어 넣으며 말했다.

"천아! 컴퓨터 켜 봐."

찬식의 말에 본능적으로 컴퓨터 전원 버튼을 누르는 순간 '윙' 하며 컴퓨터가 작동하기 시작했고 찬식은 놀라는 유천과 오동을 바라보며 아쉬운 듯 말했다.

"아까 말한 일단은, 여기까지야. 보다시피 실생활에서 쓰는 전기 문제는 이걸로 충분히 되는데…….”

“그럼 뭐가 문젠데? 다 됐구만. 이제 양산만 하면 되겠네.”

유천이 신바람 난 듯 말했다.

“아냐, 이건 일부분이야. 아직 산업용으로 쓰기에는 좀…… 모터, 자동차 등 실험을 해 봤는데, 이게 전력 소모가 클수록 서로 간섭이 생기는 것 같아. 1개만 사용할 때는 문제없는데 2, 3개 늘어나니 동작을 멈추더라고. 아직까지 정확한 원인을 못 찾고 있어. 하지만, 조만간 정확한 원인을 찾을 수 있을 거야. 너무 걱정 말라고…….”

찬식은 머리를 긁적이며 걱정 말라는 투로 말하곤 남아 있던 미지근한 맥주를 마저 들이키며 뒤돌아 섰다.

“그럼! 이제 가 봐야지. 참, 그건 선물.”

유천은 간만에 찾아든 찬식을 붙잡으며, 잔을 꺾는 시늉을 했다.

“야! 모처럼 왔는데, 한잔 해야지. 그동안 있었던 얘기도 좀 나누고…….”

“나도 아쉽지만 다음에, 만날 사람이 좀 있어서…….”

찬식은 유천의 아쉬운 표정을 뒤로 한 채, 청와대를 빠져나오면서 어디론가 전화를 걸었다.

한편 청와대를 빠져나오는 찬식의 차를 본 피터 박은 어디론가 향하는 찬식의 차와 일정한 간격을 유지하며 미행을 하기 시작했다. 한참을 쫓아가던 중 시내 한복판에서 잠시 정차한 찬식의 차에 유미의 모습이 보였다. 그동안 유미의 행방을 도저히 알아낼 수 없었던 피터 박에게는 더할 나위 없는 행운이었다.

유미를 태운 찬식의 차는 한참을 달려 시내를 벗어나 한적한 시골길 경치 좋은 어느 카페에 도착했다. 찬식과 유미가 들어가는 모습을 지켜보던 피터 박은 좀 지나서 카페 안으로 들어가 주변을 훑어보고는 그 뒷자리에 조용히 앉았다.

카페 안에는 손님이 많지는 않았지만, 외곽의 먼 거리 때문인지 전부 연인들인 듯 쌍쌍이 다정히 앉아 있는 모습이 마치 한 쌍의 원앙새 무리를 보는 듯했다. 그러다 얼마 되지 않아 문득 혼자란 사실에 주변을 의식한 듯 전화를 하는 척 그 카페를 나와 차 안에서 둘이 나오기만을 기다렸다.

한편 오랜만에 만난 찬식과 유미는 서로의 이야기에 시간 가는 줄 모르고 있었다.

"아까 차에서 하던 얘기 계속 해 볼까?"

찬식이 먼저 말을 꺼내 들었다.

"그러죠. 아무튼 분해와 합성에 엄청난 에너지가 필요한 건 알고 있죠?"

"알다마다. 잘은 몰라도 수소 폭탄급 정도?"

"그 정도는 필요하겠죠, 그래서 전 촉매제 연구에 몰두했었어요."

"그래서? 찾았어?"

"찾긴 했는데…… 그래도 아직까지……."

"어느 정돈데?"

찬식의 말에 한참을 머뭇거리다 유미가 대답했다.

"물 1리터를 만드는 데 자동차 1대를 움직이는 정도?"

힘없이 말하는 유미의 그늘진 얼굴은 그동안 얼마나 열심히 매달렸는지 보여 주고 있었다. 유미의 말을 듣고 난 찬식은 희망에 찬 목소리로 유미를 응원했다.

"오! 그럼 거의 다 왔네. 대단해, 유미 씨."

"그렇긴 한데…… 참! 찬식 씨 연구는 어때요?"

기대에 찬 얼굴로 유미가 찬식에게 물었다.

"뭐! 일단 성공적이기는 해. 일반 가전 제품을 사용하기에는 충분한데, 산업용으로까지 사용하려니 잘 안 되네. 여러 가지로 실험을 해 보긴 하는데 아직까진……."

"그래도 절반은 성공했네요. 축하해요. 난 잘못하면 NG에서 쫓겨날 판이에요. 그동안 얼마나 전기를 땡겨 썼는지 더 이상 감당이 안 된다고 며칠 전에 통보가 왔었어요."

유미의 말에 찬식은 발끈 화를 내며 말했다.

"너무하네. 대기업이 그런 것도 하나 감수 못하나?"

"그럴 수도 있죠. 그들 입장에서는 확실치 않으니까……."

"그러지 말고 내일 이쪽으로 조용히 와. 그런 걱정 안 하게 해 줄게."

찬식은 연구소 주소를 적어 유미에게 건넸다.

"그래도 이건 아닌 거 같은데요? 그동안 NG가 얼마나 투자를 해 왔는데 배신할 수는 없어요."

"그 말이 아니고, 내가 만들어 놓은 거 줄 테니 가져가 눈치 보지 말고 마음껏 써. 더 이상 NG 눈치 보지 말라고. 그리고 이건 우리 둘만의 비밀. 성삼에서도 알면 큰일 날 테니, NG에도 비밀로 하고……."

찬식은 어울리지도 않는 윙크를 하며 사랑스러운 표정으로 유미를 쳐다보며 말했다.

얼마나 시간이 흘렀을까? 어느덧 해는 뉘엿뉘엿 산언덕을 넘었고 짙은 어둠이 사방을 집어 삼켰다. 기다리고 기다리던 피터 박에게 모습을 보인 찬식과 유미, 웃는 얼굴로 손을 맞잡고 카페를 걸어 나오는 모습이 마치 연인 사이처럼 다정스러워 보였다. 둘은 카페를 나와서도 한참을 둘만의 오붓한 시간을 만끽이라도 하는 듯 가로등 불빛에 의지하여 산책하며 주위를 배회하다가 마침내 차에 올라탔다.

불빛도 없이 가끔씩 나타나는 경운기를 제외하고는 지나가는 차가 거의 없는 한적한 시골 도로, 그 길을 두 대의 차가 천천히 달리고 있었다. 찬식의 차를 쫓아가며 피터 박은 어디론가 전화를 걸었고, 전화를 끝낸 피터 박의 표정은 굳어 있었다. 잠시 동안 생각에 잠겨 있던 피터 박은 결심을 한 듯, 찬식의 차를 앞지르려 속도를 올리기 시작했고 무서운 속도로 따라오는 뒤차를 인식한 찬식은 옆으로 살짝 피하며 지나가기를 기다렸다.

피터 박의 차가 찬식의 차를 지나치던 그 순간, 좁은 도로 탓인지 아님 의도적이었는지 모르게 찬식의 사이드 미러가 피터 박의 차와 스치면서 떨어져 나갔다. 그러면서 둘의 차는 도로 가장자리에 멈춰 섰고, 피터 박은 먼저 차에서 뛰쳐나와 차를 살피던 찬식과 운전석 옆에 앉아 있는 유미를 살피며 말했다.

"죄송합니다. 괜찮으세요?"

"거, 참! 젊은 사람이 조심 좀 하지!"

찬식은 피터 박에게 핀잔을 주며 뒤돌아 서서 중얼거렸다.

"다행히 지나가면서 살짝 스쳐서 망정이지 그 속도로 들이 받았으면, 어휴!"

생각만 해도 무서웠던지 몸을 스르륵 떨던 찬식이 갑자기 피터 박의 품속으로 맥없이 쓰러졌다. 그 모습을 차 안에서 지켜보던 유미가 놀라서 뛰쳐나왔지만, 유미도 어느새 피터 박의 품속으로 쓰러졌다. 그렇게 간단하고 쉽게 찬식과 유미의 납치에 성공한 피터 박은 CIA에 연락을 했다.

"국장님, 성공했습니다. 다음 목적지를……."

"수고했네. 경기도에 있는 험프리스 캠프로 이동하게. 위치는 바로 찍어 보낼 테니 빨리 움직이게. 우리 쪽에서 수송선을 준비해 놓을 테니 도착하는 즉시 수송선에 태워 보내게."

"네, 그리고 저는?"

"자네는 한동안 한국에 머물면서 계속 한국의 동향을 주시하면서 보고하도록 해. 수고했네. 험프리스 캠프에 도착하면 잭슨 대장을 찾게."

국장의 말이 끝나자마자 피터 박은 움직이기 시작했다.

한참을 험프리스 캠프로 향하던 피터 박은 시골의 한적한 도로에서 무슨 생각이 든 것인지 갑자기 차를 세웠다. 그동안 수많은 업무를 수행해 오면서 이번처럼 복잡 미묘한 감정은 처음이었던 피터 박은 과연 지금 내가 하고 있는 일이 같은 민족으로서 옳은 일인가 하며 잠시 사념에 잠겼다. 험프리스 캠프까지 절반 정도 왔을 때 뒷자리에서 끄응하는 신음소리가 들렸다.

"뭐야? 여기 어디지?"

아직 정신이 없는 듯 주위를 살피다 옆의 유미가 쓰러져 있는 걸 본 찬식은 유미를 세차게 흔들어댔다.

"유미 씨! 유미 씨! 일어나 봐요."

이윽고 신음 소리를 내며 유미가 깨어났다.

"유미 씨! 정신이 들어요? 괜찮아요?"

"……네, 좀 어지럽긴 한데 괜찮은 거 같아요. 근데 여긴 어디죠?"

"저도 어딘지는…… 어디론가 끌려가고 있는 거 같은데……."

"설마? 우리 납치된 거예요?"

유미의 말에 찬식은 피터 박을 향해 운전석을 뒤흔들며 소리쳤다.

"당신 누구요? 누군데 우릴, 빨리 차 세우시오, 세우란 말이야."

"그만하시죠, 박사님. 이러다 또 사고 납니다."

피터 박의 박사님이라는 호칭에 찬식은 그냥 가벼운 납치가 아님을 알아챘다. 한동안 잠시 생각에 잠겨 있던 찬식이 조용히 물었다.

"어디요? 현화? 기대? 두화? 현우? S? 어디서 보냈소? 산업스파이오?"

찬식의 입에서 알 만한 대기업들의 이름이 줄줄이 나왔고, 피터 박의 뜻밖의 대답에 놀라지 않을 수 없었다.

"CIA입니다."

"뭐라고? CIA가 왜? 대체 우릴 어쩔 셈이오?"

"저희 미국에서도 박사님의 연구에 대해 깊은 관심을 가지고 있습니다. 사실 전 박사님의 연구 결과를 알아내기 위해 파견된 요원입니다."

"그럼 우릴 납치한 이유가?"

"사실 박사님을 찾기가 쉽지 않았습니다. 성삼에서도 철저히 비밀에 부치고 있었고, 그러다 우연히 박사님이 청와대로 들어가는 모습을 보고는 종일 뒤따라다녔습니다. 이런 사실에 CIA에서도 연구 결과를 알아내는 것 보다 차라리 납치하는 편이 낫다고 생각을 했는지도 모릅니다. 박사님을 납치하라는 명령이 떨어졌으니까요."

그리곤 한마디 더 작은 목소리로 속삭였다.

"정 안되면 사살해도 좋다는 명령도 같이……"

피터 박의 충격적인 말에 할 말을 잃어버린 찬식과 유미는 한동안 맥없이 멍하니 차창 너머만 바라봤다.

"좋소, 그래서 지금 어디로 가는건가?"

"미군 기지로 가고 있습니다. 이미 두 분을 모셔갈 수송선도 준비되어 있고요. 좀 있으면 도착입니다."

찬식은 이대로 이 남자를 따라 끌려가면 아무도 자길 찾을 수 없을 것이라는 생각에 어떻게든 그를 막아 보려고 애쓰고 있었다.

"당신, 한국인인 거 같은데?"

"네, 재미 교포입니다."

"한국인으로서의 자긍심도 없소?"

"갑자기 무슨 말씀이신지?"

피터 박의 말에 찬식은 천천히 그동안의 연구 성과를 상세히 설명하고 곧 한국이 전 세계를 주도해 나갈 수 있다며 그의 한국인으로서의 긍지에 마지막 희망을 걸며 말했다.

"같은 민족이라면 나라를 위해서라도 우릴 그냥 보내 주시오. 부탁이오."

찬식의 그런 설득이 통했는지 아무 말 없이 차를 세운 피터 박은 잠시 생각에 잠겼다. 사실 피터 박은 언젠가는 한국으로 돌아갈 날을 기다리는, 그 누구보다 한국을 사랑하는 사람이었다. 그런 그에게 찬식의 말은 차가웠던 그의 심장을 다시 불타오르게 하기에 충분했다. 이제 얼마 남지 않은 시간, 피터 박은 결심한 듯, 전화기를 찬식에게 넘겨주곤 말했다.

"시간이 얼마 없습니다. 가장 빠르게 움직일 수 있는 사람에게 도움을 청하십시오. 1시간 안으로 험프리스 캠프로 가는 길을 차단하셔야 할 겁니다."

"고맙네."

찬식은 이 나라에서 가장 빠르게 움직일 수 있는 한 사람, 바로 유천에게 전화를 걸었다.

한편 늦은 시각 모르는 번호로 걸려 온 전화에 망설이던 유천은 전화를 받고는 깜짝 놀랐다. 재빨리 기동 타격대에 연락해서 험프리스 캠프로 향하게 했고, 유천과 오동도 부랴부랴 험프리스 캠프로 달려갔다.

"이게 무슨 일이고?"

놀란 오동의 말에 유천도 당황했다.

"나도 자세히는 몰라, 다만 찬식이에게 전화가 왔는데 지금 납치돼서 미군기지로 향하고 있으니 미군 기지에 도착하기 전에 빨리 오라고."

"근데 아무리 기동 타격대라고 해도 1시간 안에 도착할 수 있을까?"

"해야지! 꼭 해야지. 미군 기지로 들어가는 순간 끝이니까, 무슨 수를 써서라도 꼭 해야지."

유천은 기동 타격대에게 다시 한번 강조했다. 갖은 방법을 다 써서라도 꼭 구해 오라고…….

한편 찬식과 유미를 태운 피터 박은 최대한 시간을 끌기 위해 속도를 늦추고 있었지만 다가오는 험프리스 캠프는 막을 수가 없었다. 곧 험프리스 캠프까지 마지막 커브길이 보이기 시작했고, 돌이킬 수 없는 그 길을 지나칠 무렵 하늘에서 내려온 밧줄 사이로 기동 타격대의 모습이 보였다. 그 모습을 본 피터 박은 안심이라도 한 듯 차를 세우고 두 손을 들고 차에서 걸어 나왔고, 그런 피터 박을 기동 타격대는 무지막지하게 몰아세웠다.

곧이어 기동 타격대의 차량과 함께 유천과 오동이 도착했다. 찬식과 유미의 안전한 모습을 본 유천은 그들을 태우곤 급히 그곳을 벗어나면서 경대에게도 전화를 했다.

"경대야! 니도 빨리 지금 청와대로 들어와라."

"왜? 무슨 일인데?"

"들어와서 얘기하자. 아무튼 지금 바로 들어온나. 우리도 지금 들어가고 있으니까."

갑작스런 유천의 전화에 헐레벌떡 청와대로 들어온 경대는 자신의 앞으로 유천 일행이 보이자 물었다.

"무슨 일인데? 갑자기 이 늦은 시간에…"

"찬식이랑 최유미 박사가 납치될 뻔했었다. 금방 구해 오는 길에 너한테 연락한 거다."

"뭐라고? 납치? 누가 그런 짓을?"

"CIA."

"CIA? 그들이 왜?"

경대의 말에 찬식이 차근차근 설명을 해 나갔고 그 말을 다

듣고 난 후, 경대는 고민에 찬 한마디를 내뱉었다.

"이제 어떡할 건데?"

"그러게 말이야! 오면서 내내 생각을 해 봤는데, 청와대 경호원이라도 붙여 줄까?"

유천의 말에 찬식은 못마땅한지 손사래를 치며 말했다.

"그건 좀…… 사람들 눈도 있고 네가 아무리 대통령이라 해도 함부로 그렇게 사람들을 내놓다보면 안 좋은 말들만 오갈 뿐이야. 더욱이 우리도 좀 행동하기에 불편하고……."

"그럼, 위치 추적기는 어때?"

"야! 내가 성폭력범도 아닌데 계속 감시 받는다고 생각해 봐. 기분이 좋은가? 나도 사생활이 있는데, 안 그래?"

때마침 기동 타격대 대장이 들어왔고 유천에게 보고를 했다.

"수고하셨습니다. 대장님께서 이 나라의 미래를 구하셨습니다."

유천은 노고를 치하하며 당부의 말을 전했다.

"대장님! 오늘 일이 절대 밖으로 새어 나가지 않도록 유념해 주십시오. 특히 대원들에게도요. 그리고 그 CIA 요원은 당분간 대장님께서 특별 관리토록 해 주세요."

"네, 알겠습니다."

나가려다 말고 뒤돌아서며 대장이 말했다.

"외람된 얘기지만, 제가 들어오기 전에 위치 추적기에 대해 말씀을 하시는 것 같던데… 제가 한마디 해도 되겠습니까?"

"네. 말씀하세요."

"사실 저희 쪽에서 개발한 신형 위치 추적기가 있습니다."

기동대 대장은 신형 위치 추적기에 대해 설명을 해 나가기 시작했다. 대장의 말로는 신형은 어금니 속에 삽입하는 형태의 추적기로써 평상시에는 작동하지 않지만, 위급 상황 발생 시 어금니를 일정량의 힘으로 꽉 깨물면 위치 추적기가 작동하는 타입으로 일상 생활에서 그 어떤 제약도 없으며, 그 어떤 탐지기로도 추적기를 찾을 수가 없는 완벽한 형태의 추적이라 했다. 그런 대장의 말을 듣고 유천은 결심했다.

"됐네. 그거면 되겠네. 다들 이의 없재?"

고개를 끄덕이는 찬식, 유미, 경대를 번갈아 바라본 후, 기동대 대장에게 빠른 준비를 지시했다.

"그럼! 대장님 빨리 준비해 주십시오. 그리고 기동대에서 항상 이 세 분의 안위에 신경 써 주십시오."

뒤돌아서서 자리를 나서는 대장에게 찬식은 간곡한 부탁의 말을 했다.

"대장님! 그 CIA 요원에게 가혹적 행위를 해서는 절대 안 됩니다. 그가 저희를 납치한 건 사실이지만, 이렇게 구출할 수 있게 도와준 것도 그 요원입니다. 그 사실을 잊지 마십시오. 그 요원을 잘 부탁드립니다, 대장님."

한편 피터 박을 기다리던 잭슨 대장은 한참이 지나도 그의 모습이 보이지 않자 실패했음을 깨달았고 뒤늦게 소식을 전해 들은 CIA 국장은 망연자실해 있었다. 더 이상 추가 작전은 이미 알아채 버린 상대에게 의미가 없는 일임을 알고 있는 국장은 수습이 최우선 문제였다.

CIA 국장은 며칠 동안 연락 두절 상태인 피터 박의 행방을 알아보라고 또 한 명의 요원을 한국으로 급파했다. 만약 살아 감금되어 있으면 더 이상의 정보가 새어 나가지 못하도록 사살하라는 명령과 함께……

CHAPTER

12.

협정

한편 중국의 총리로부터 무언의 압박을 받은 김 위원장은 설마 했던 중국 군인들의 심상치 않은 움직임을 보고는 다급하게 중국으로 날아갔다. 총리를 만나자마자 김 위원장은 다짜고짜 쏘아붙였다.

　"도대체 이러는 의도가 뭡니까?"

　"몰라서 묻소? 그동안 우리가 얼마나 당신을 도와줬는데…… 배신은 당신이 먼저 한 거 아니오!"

　"아니! 내가 뭘 배신을 했다고 그러시오."

　"그럼, 그동안의 은혜도 모르고 이제와서 한국 편에 붙는다는 게 배신이 아니고 뭐란 말이오!"

　"그저 난 남쪽에서 전면 국토 개발을 해 준다기에 동의한 것뿐이오."

　"그게 그 말이지. 이제라도 늦지 않았소. 다시 돌아오시오."

　"그럼, 중국에서 우리 북한 개발을 해줄 거요? 아니지 않습니까?"

　그렇게 말도 안 되는 핑계를 대는 총리와의 답 없는 싸움이 계속되었고, 김 위원장은 주석을 만나러 가겠다며 돌아섰다.

"지금 주석님은 중국에 없소. 해외 순방 중이오. 그리고 주석님을 만나 봐야 별 다를게 없을 것이오."

"정말 이러실 거요? 좋소! 그렇게 나온다면 우리도 어쩔 수 없지."

김 위원장은 붉으락푸르락 변해버린 얼굴로 그 자리를 박차고 나왔다. 그렇게 중국 방문을 마치고 돌아온 김 위원장은 딱히 도움을 청할 데가 없자, 며칠 동안 식음을 전폐하고 매일같이 술독에 빠져 있었다.

여느 날보다도 잔뜩 취한 어느 날 밤, 느닷없이 술김에 답답한 마음으로 유천에게 전화를 했고 그동안 누구에게도 말 못 했던 중국과 있었던 얘기를 털어 놓기 시작했다.

"위원장님! 거 참 큰일이군요. 저희 쪽에서 도움될 만한 게 있으면 말씀하세요. 도와드리겠습니다."

"지금 상황에서는 중국도 함부로 날뛰지는 않을 것 같은데…… 하지만……."

다시 취기가 올라오는지 말을 이어서 못 하는 김 위원장의 목소리에 유천이 말했다.

"위원장님! 전화로 얘기하기는 좀 그런 사항인 것 같은데, 만나서 같이 대책을 강구해 보시는 게 어떠신지?"

"그래 준다면 제가 고맙지요. 그럼 내일 저녁 12시 이전의 그곳, 아시겠소? 거기서 기다리겠소."

"네, 오늘은 그만 드시고 내일 만나서 자세히 얘기하시지요."

김 위원장과의 전화를 끊고 난 후, 유천은 급히 오동을 찾아 북측의 상황을 설명했고, 걱정스런 표정으로 오동이 말했다.

"음, 중국도 본격적으로 뛰어들 모양이네."

"하긴 미국도 그랬으니, 중국이라고 가만히 있지는 않겠지. 근데 목적이 뭘까? 기술은 우리 측에 다 있는데……. 북을 건드린다는 게 영……."

"그래! 내 생각엔 아마도 중국은 영토 때문 아닐까? 너도 알다시피 백두산, 서한만 분지와 관련이 있을 수도……."

"음, 그럴 수도 있겠네. 아무래도 북한과 우리랑의 관계가 깊어지면 깊어질수록 북을 제어하지 못하게 될 테니."

"그럼 이제 어쩌지? 내일 만나기로 했는데, 방법이 없을까?"

"뭐, 사실 지금은 방법이 없어. 중국도 그렇게 급하게 행동을 취할 수는 없을 거야. 당분간은 무언의 압박만 해 오겠지. 아마도 행동 개시 시점은 우리가 북으로 올라갈 때쯤이 되지 않을까 생각이 드는데……."

"그렇다고 가만 있을 수는 없는 노릇이잖아."

"그렇지, 일단 김 위원장을 안심시키는 게 우선이야. 이렇게 된 이상 이제 마음 굳게 먹고 우리도 강경하게 돌파해야지."

"어떻게?"

"내일 김 위원장 만나서 협정을 맺는 거지. 서로에게 언제든지 필요하다면 파병을 요청할 수 있다는 조항과 우리가 향후 개발을 위해 북으로 올라갈 때 우리 군도 같이 올라가서 중국과의 경계 지역을 같이 사수한다는 식으로……. 그렇게 함으로써 우리가 항상 아군임을 인식시키는 거지."

"과연 그런 식으로 김 위원장이 승낙할까?"

"김 위원장이 개발을 포기하면 모를까, 포기하지 않는다면 아마 우리 제안을 받아 들일 수밖에 없을걸? 솔직히 이제 북측의 아군은 이미 남아 있지 않아. 너도 알잖아."

"그렇긴 한데…"

못마땅한 표정의 유천이었지만 그 외의 다른 방법은 뾰족하게 생각나지 않았다.

우선 유천과 오동은 함께 남북 군사 협정안을 만들어 김 위원장을 만나기 위해 길을 나섰다. 간만에 만난 김 위원장의 얼굴은 그동안의 심려가 얼마나 컸는지를 대변해 주고 있었다. 그 생기 넘치던 얼굴에 핏기가 없고 거무칙칙했으며, 초점이 흐트러진 눈에, 평소 당당하게 쫙 펴고 있던 어깨도 많이 움츠러든 모습이었다.

"위원장님! 그동안 고생이 많으셨겠네요."

유천이 김 위원장의 눈치를 살피며 말했다.

"요즘 죽을 맛입니다. 내가 원래 다른 데 눈치 보고 하는 스타일이 아닌데, 요즘 중국의 행동이 심상치 않아서……."

"사실 우리 쪽도 심상치 않습니다. 며칠 전 CIA쪽에서 핵심기술을 연구하던 박사님 두 분의 납치 시도가 있었습니다."

유천의 말에 김 위원장은 이를 갈며 말했다.

"큰일날 뻔했구려. 안되면 비밀리에 우리 측 요원이라도 붙여 드리리다."

"아니, 괜찮습니다. 아무튼 우리야 첩보전이라, 어떻게 될 것 같지만, 중국 측은 앞으로 무력으로 나온다면 큰일인데……."

"그렇지요. 앞으로 계속적으로 압박이 심해질 것 같은데……."

머리를 쥐어뜯으며, 냉수를 벌컥벌컥 들이키는 김 위원장 앞으로 유천은 미리 준비해 온 남북 군사 협정안을 슬그머니 내놓았다.

"이게 뭡니까?"

"저희도 위원장님의 말씀을 듣고 생각을 많이 해 봤습니다. 어차피 중국의 압박이 하루아침에 끝나지 않을 것이고, 뭔가 대책이 필요할 거 같아서…… 한민족끼리라도 힘을 합쳐야 되지 않겠습니까?"

유천의 말을 들으며 서류 봉투에서 꺼내든 서류 맨 앞면에 선명하게 적혀 있는 남북 군사 협정이라는 글자를 본 김 위원장은 깜짝 놀라며 되물었다.

"군사 협정? 도대체 뭔 말입니까?"

김 위원장의 말에 유천의 차근차근한 설명이 이어졌고, 유천은 천천히 세부 사항을 읽어 내려가는 김 위원장의 얼굴을 살피기 시작했다. 세부 내용을 읽어 내려가는 김 위원장의 얼굴은 언뜻 밝았다, 흐렸다, 찡그렸다를 반복하고 있었고, 이내 다 읽어

본 김 위원장의 입에서 불확실한 대답이 나왔다.

"이거 뭔가 위험한 거 같기도 하고, 아닌 거 같기도 하고 판단이 잘 안 섭니다."

"위원장님! 다른 의도는 전혀 없습니다. 그냥 한민족끼리 서로 도울 수 있으면 도와주고 도움 받자는 것뿐입니다."

"그래도…… 남한의 군사를 북에 배치한다는 건…"

"믿어 주십시오. 정 찜찜하시면 파병된 우리 측 군의 통솔권을 위원장님에게 넘겨드리겠습니다."

"파병 군인의 통솔권을?"

"네, 다만 파병 군인들을 학대하시지 않는다는 조건입니다만……."

"좋소! 그렇게 합시다. 언제든지 필요할 때 부르겠소."

유천의 군 통솔권이라는 말에 김 위원장은 흔쾌히 도장을 찍어 유천에게 넘겼다. 그렇게 역사적인 남북 군사 협정이 시작되었고, 그때부터 남북 관계는 급속도로 가까워졌으며, 어느덧 미국과의 방위비 분담금 협정(SMA) 시기가 다가왔다.

미국 워싱턴 D.C.에서 한미 방위비 분담협정 1차 회담이 열렸다. 그 자리에 한국 분담 협상 대사와 미 국무부 대표의 협상이 결렬되자, 유천은 오동에게 부탁했다.

"동아! 2차 회담에 네가 나가 보는 게 어때?"

"내가?"

"어, 이때까지의 일들을 잘 알고 있는 건 나 말고 너밖에 없잖

아. 찬식의 납치 건도 그렇고 남북 군사 협정도 그렇고……. 이제 우리도 강경하게 나가도 되지 않을까 생각되는데……."

"사실 뭐 이제 남북 관계도 이만하면 주한 미군 철수 쪽도 생각해 볼 만하지."

"그렇지. 이번에야말로 우리가 주도권을 한번 잡아 보자고."

유천과 오동은 서로 합심한 듯 두 주먹을 불끈 쥐었다.

그리고 며칠 뒤 2차 회담이 열렸고, 그 자리에 오동도 같이 참석했다. 미국 측 대표는 한결같이 높은 분담금을 요구해 왔고, 우리 측 대사는 조금이라도 내려보려고 안간힘을 다하고 있었다. 한참 그 모습을 지켜보던 오동이 천천히 입을 열었다.

"갑자기 이렇게 끼어들어 죄송합니다만, 전 대통령 보좌관인 신오동이라고 합니다."

오동의 말에 흠칫 놀란 미 국무부 대표가 오동을 바라봤다.

"다름 아니라 저희 대통령님의 의지를 전달하기 위해 이 회담에 참석하게 되었습니다."

오동의 말에 잠시 동안 침묵이 흘렀다.

"아마 보좌관님은 모르실 거 같습니다만, 최근에 우리 측 중요한 박사님들의 납치 미수 사건을 알고 계십니까? 아마 모르실 겁니다. 우리 측도 극히 일부분의 사람들 빼고는 모르는 일이니까요……."

오동의 갑작스런 납치 미수 사건이라는 말에 미 보좌관은 당황한 듯 말했다.

"갑자기 무슨 말입니까?"

"CIA의 은밀한 납치 사건이 얼마 전에 있었지요. 다행히 우리 측에서 알아채고 구출할 수 있었지만요."

"……."

"그리고 최근 남북 동향도 어땠는지는 알고 계시지요?"

"그건 어느 정도는 알고 있습니다만…"

"그럼 얘기가 빠르겠네요. 저희 대통령께서는 더 이상 미국을 믿을 수 없다고 하십니다. 아마도 납치 미수 사건이 큰 충격이었겠지요."

"……."

도무지 알 수 없는 말들을 해 나가는 오동을 지켜보던 미 국무부 대표는 아무 말도 못 하고 있었고, 연이어 오동의 입에서 나온 말은 미 국무부 대표를 충격에 빠트렸다.

"대통령께서는 주한 미군 전면 철수를 요구하고 계십니다. 아마 이번 협정이 그냥 순탄히 진행되었으면 넘어가려고 했었는데, 순탄치 않게 흘러가고 있는 걸 보시곤 큰 결심을 한 듯 보입니다."

"뭐, 뭐라고요? 잠시만요! 철수라고요?"

"네."

오동의 짧고 강력한 그 한 마디는 단호했다.

"잠시만요, 이 문제는 지금 이 자리에서 해결될 문제가 아닌 듯 싶습니다. 일단 돌아가 상의를 해 보겠습니다."

미 대표는 서둘러 2차 회담 자리에서 물러났고, 오동의 말을 전달받은 국무부 장관은 탄식했다.

"아! CIA 국장이 쓸데없는 일을 저질렀구만……."

한편 2차 회담에서 돌아온 오동은 통쾌한 듯 웃으며 말했다.

"천아! 진짜 통쾌했다. 미 국무부 대표 얼굴 표정을 봤어야 하는데……. 하하하."

"내가 직접 갈 걸 그랬나? 아무튼 우리가 이렇게 나왔으니 이제 미국에서 한발 빼겠지?"

"그렇겠지? 앞으로 어떻게 나올까?"

"어떻게 나오든지 이번 기회에 확실히 승기를 잡자고."

"뭐 생각해 놓은 거 있나?"

"어, 그동안 미군들의 행패, 너도 잘 알잖아."

"그렇지. 어떻게 손 쓸 수 없는 일들이 많이 있었지. 이태원 살인 사건 같은……."

"그래서 말인데, 이번에 미국에서 한발 물러나 협상안을 가져오면 한국에서 범죄를 지은 미군들에 대해 한국에서 처벌할 수 있는 조항과 도피시 범인을 한국으로 인도 하도록 하는 조항을 만드는 거지. 미군들이 함부로 날뛰지 못하게."

"오, 그거 좋은 생각인데! 근데 과연 미국 측에서 받아들일까?"

"안 받아 들이면 안 받아 들이는 대로 철수 결정하지, 뭐. 일단 한번 질러 보자고."

"오케이. 그래 한번 질러 보자."

그렇게 주도권을 잡은 유천과 오동은 굳은 다짐을 했다. 그리고 몇 주 뒤, 3차 회담 자리가 미국이 물러섰음을 대변한 듯 한국에서 마련됐다.

3차 회담은 예상대로 한발 물러선 미국이 물가 인상률을 감안해서 분담 금액의 10% 증액안을 내놓았다. 오동은 솔직히 그리 나쁜 조건은 아니라고 생각했지만, 한번 더 강하게 밀어붙였다.

"보좌관님, 솔직히 말씀드리겠습니다. 아시다시피 이제 남북 관계도 많이 좋아져서 저희 대한민국으로서는 더 이상 미군의 도움이 필요치 않습니다. 근데 이렇게 계속 억지로 지켜 준다는 목적하에 분담금을 요청하신다면 안 그래도 엄청난 국채에 시달리는 우리로서는 그 분담금을 지불할 명분이 없지 않겠습니까?"

솔직히 이 정도의 분담안이라면 가볍게 넘어갈 줄 알았던 미 보좌관은 오동의 말에 얼굴을 찌푸리며 말했다.

"신 보좌관님! 너무 그렇게 단편적으로만 보시지 않았으면 좋겠습니다. 지금은 남북이 우호적으로 보일지라도 언제 돌아설지 모르는 게 북한인데, 그동안 많이 봐 오시지 않았습니까?"

"하지만……."

얼버무리는 오동을 본 미 보좌관은 일말의 희망을 가지며 오동을 설득하기 시작했다.

"최소한 남북 통일이 되지 않는다면 한미 공동 방어는 필요합니다. 6.25 전쟁을 생각해 보십시오. 갑작스레 북에서 내려온다면 어떡하시겠습니까? 오늘 드린 이 분담안은 저희 미국 측에서도 최대한의 선에서 드린 분담안이라는 걸 알아 주셨으면 좋겠습니다."

"알겠습니다. 하지만 저희 대통령님을 설득할 수 있을지 의문입니다. 뭔가 대통령님의 마음을 변화시킬 뭔가가 있다면 좋을 텐데……."

오동은 슬며시 운을 띄우곤 미 보좌관의 눈치를 살폈다.

"혹시 신 보좌관님 따로 뭔가 생각해 놓으신 게 있으신지?"

"음, 있긴 한데……."

"일단 말씀해 보시죠. 들어나 봅시다."

"모르시겠지만, 저희 대통령님은 엄청난 정의파이시거든요. 그래서 하는 말인데……."

오동은 잠시 뜸을 들였다.

"그동안 알게 모르게 미군들의 행패가 좀 있었습니다. 이 나라 국민들이라면 다들 알고 있는 내용이지요. 그래서 한번은 흘러가는 말로 대통령께서 미군들의 행패를 막을 방법이 없을까 하며 개탄하신 적도 있었지요."

뜬금없이 미군들을 마치 범죄자인 양 말하는 오동의 말에 미 보좌관은 화를 달래려는 듯 심호흡을 하고는 천천히 말했다.

"그래서요?"

"그래서, 다름 아니라 이때까지 미군들이 한국에서 범죄를 저지르고 도피하고 나면 우리로서는 어쩔 수가 없었지요. 그걸 바꿔 보자는 겁니다. 앞으로 한국에서 범죄를 저지른 미군뿐 아니라 미 국민 누구라도 한국에서 처벌 가능하게 해 준다고 약속해 주신다면 제가 대통령님을 한번 설득해 보겠습니다."

"신 보좌관님! 참 너무 하시네요."

힘없는 목소리와 함께 축 늘어진 몸을 이끌며 미 대표는 회담 자리를 벗어났다.

한편 미 국무부에 이 사실을 전한 미 보좌관은 국무부 장관과 함께 법무부 장관을 찾았다. 항상 자신만만, 굳건하고 강인했던 국무부 장관이 말없이 들어오는 모습에 법무부 장관은 사건의 심각성을 금세 알아챌 수 있었다.

아니라 다를까 국무부 장관에게 그동안의 SMA 협정에서 있었던 일들을 전해 들은 법무부 장관은 날뛰었다.

"그건 좀 위험한 얘기입니다. 자칫 잘못하면 더 이상 한국에서 미 국민의 보호가 어려워질 수 있습니다. 제 생각에는 포기하시는 게 좋을 것 같습니다."

"하지만…… 'Penny wise and pound foolish'라고, 작은 것을 위해서 큰 것을 잃는다는 말이 있잖소. 지금이 바로 이런 상황이오."

"무슨 말이오? 갑자기 잃을 게 뭐가 있다고 그러시오?"

법무부 장관의 어이없다는 표정에 국방부 장관은 미래 가치에 대해 말하기 시작했다.

"사실 지금 한국은 새로운 미래를 열어갈 기술을 가지고 있소. CIA 국장이 일을 그르치지만 않았으면 이렇게까지 흘러가지 않았겠지만. 아무튼 우리 미국이 앞으로 계속 강대국으로 살아남기 위해서는 그 기술력이 꼭 필요하단 말이오."

"무슨 그런 말도 안 되는 말을? 그리고 그게 가능한 일이란 말이오? 난 믿지 못하겠소."

강하게 부정하는 법무부 장관의 말에 국무부 장관은 더 강하게 말했다.

"믿으셔야 하오. 나도 처음엔 그랬으니. 그래서 한국과의 끈을 놓지 않으면서 자유롭게 드나들 수 있는 주한 미군이란 존재가 지금 상황에 더없이 필요한 때요. 그 무엇이 방해한다 해도……."

"하지만 굳이 그렇게까지?"

"가장 안전한 방법이오. 앞으로 우린 한국이 모르게 미군기지 캠프를 거점으로 미군을 가장한 첩보원, 과학자들을 대거 투입해서 입수한 모든 자료를 토대로 비밀리에 연구할 계획이오."

"난 아직 잘 모르겠소. 직접 애기해 보시오."

국무부 장관의 말에 법무부 장관이 슬그머니 발을 뺐다. 그렇게 국무부 장관은 백악관으로 들어가 각고의 노력 끝에 대통령을 설득하는 데 성공했고, SMA 4차 회담은 그렇게 마무리되었다.

희로류

4차 회담이 마무리되면서 미국은 발 빠르게 움직였다.

각지에 흩어져 있는 신소재, 에너지, 전기, 전자 등 각 분야별 저명한 박사들과 첩보원들을 불러 모으기 시작했고, 얼마 지나지 않아 수십 명이 한자리에 모여 들었다.

그리고 국무부 장관, 과학기술부 장관, CIA 국장이 그들 앞에 서 있었고, 국무부 장관의 상황 설명을 시작으로 과학기술부 장관의 설명이 이어졌다.

"여러 박사님들을 이렇게 한자리에서 만나 뵙다니 영광입니다. 앞선 국무부 장관의 설명을 들었으니 간단히 말씀드리겠습니다. 저희가 할 일은 딱 한 가지, 지금 한국에서 연구 중인 그 기술력을 어떻게 해서든 빼내 오는 것입니다."

정말 아무 일도 아닌 것처럼 두부 자르듯 말하는 과학기술부 장관의 말에 박사들이 혀를 차며 말했다.

"아니, 우리가 무슨 방법으로 빼내 온단 말이오? 말 같지도 않은 소리를…… 그 정도의 신기술이라면 한국에서도 삼엄한 경계를 취하고 있을 텐데, 심지어 그 어떤 정보조차 새어 나오지 않을 거요."

"그건 걱정하실 필요 없습니다. 박사님 뒤쪽에 있는 우리 첩보원들이 모든 정보를 수집해 드릴 겁니다. 여기 계신 박사님들은 그 정보를 가지고 지금 한국에서 어떤 연구를 하고 있는지 알아내시면 됩니다. 물론 어려운 일이라는 건 압니다만, 이 나라를 위한 일이라고 생각해 주십시오."

그렇게 말하는 과학기술부 장관의 심란해 보이는 얼굴 표정을 보고는 모여 있던 박사들은 더 이상 아무 말도 할 수 없었다.

뒤이어 CIA 국장이 첩보원들에게도 앞선 피터 박의 사건을 설명하며 두 번의 실수는 용납할 수 없다며 다시 한번 주의를 주며 최단 시간 내에 떠날 준비를 마치도록 지시했고, 사흘 뒤 첩보원들이 미 수송기를 타고 한국 땅을 먼저 밟았다.

도착한 첩보원들은 여러 박사님들이 도착하기 전 사전 정보 입수를 위해 2개 조로 나눠 찬식과 유미의 행적을 캐기 시작했다. 그들은 우선 성삼과 NG의 통신실과 네트워크실 장악하는 데 초점을 맞추었다. 하지만, 성삼과 NG는 한국에서도 내로라하는 대기업이라 출입 자체가 극히 제한적이어서 쉽게 뚫리지 않았다. 특히 찬식과 유미가 있으리라 의심되는 연구동은 연구원을 제외한 일체 인원의 출입은 할 수 없을 정도로 그 경계가 삼엄했다. 그들은 통신실과 네트워크실 위치를 파악하는 데만 며칠이 걸렸고, 수차례의 잠입 시도에도 불구하고 실패를 거듭했다.

그러던 어느날 늦은 저녁, 그날도 허탕을 친 요원들이 허기를 채우기 위해 성삼의 인근 식당에서 저녁을 먹고 있을 무렵이었다. 식당 안쪽 넓은 방으로 성삼의 보안 직원들이 하나둘씩 모이기 시작했다. 얼마 지나지 않아 그 방 안으로 소주와 맥주가 여러 병 드나들기 시작했고, 방 안에서 새어 나오는 소리가 식당 안을 뒤덮었다.

"근무 중에 저렇게 술을 먹어도 되나? 저렇게 허술해 보이는데……."

요원 중 하나가 보안을 뚫을 수 없는 이유를 도저히 모르겠다는 표정으로 말했다.

"아! 자네는 한국이 처음이라 잘 모르겠지만, 저들은 이제 막 교대하고 나온 교대 근무자들이야. 그리고 한국에서는 이런 회식 문화가 아주 빈번하지. 일 마치고 나면 이런 식으로 회포를 푸는 게 그들의 일상이야."

한국을 자주 다녀 본 베테랑인 니콜라스도 오늘의 회포를 풀 듯 소주잔을 들이키며 말했다.

"어쩌면 이번이 하늘이 주신 기회일지도 모르지. 자! 저들이 나갈 때까지 우리도 머물러 있자고."

시간이 얼마나 흘렀을까, 굳게 닫혀 있던 문이 화장실을 드나들던 직원들에 의해 살짝 살짝 열렸다. 그 틈으로 한가운데 앉아 있는 40대 초중반으로 보이는 사람에게 직원들이 팀장이라고 부르는 모습이 줄곧 방안을 주시하던 니콜라스의 눈에 스쳐 지나갔다.

"다들, 저 사람 주시하고 있어. 내가 틀리지 않았다면 저 사람이 팀장인 것 같은데……."

만에 하나 잘못될까 다시금 요원들에게 재차 확인해 보게 했고, 요원들은 한 명 한 명씩 화장실에 가는 척 그 방을 스쳐 지나가며 안에서 새어 나오는 소리와 모습들을 머리에 새겼다. 어느덧 보안팀의 회식 자리가 끝나고 식당을 나온 그들은 뿔뿔이 흩어졌다. 그중 보안 팀장은 2차를 마다하고 집으로 향하기 시작했고, 요원들은 보안 팀장의 뒤를 밟았다. 술을 깨고 들어가려는 듯 한동안 비틀거리며 동네를 배회하는 보안 팀장 뒷주머니에서 요란하게 전화벨 소리가 울렸다, 한참을 듣고만 있던 보안 팀장이 변명이라도 하듯 말했다.

"아니! 그게 아니고…… 내일부터 5일 동안 우리 해외 여행 가니까 직원들에게 나 없는 동안 잘 지키고 있으라고, 당부할 것도 많고 해서……."

말이 채 끝나기도 전에 전화기 너머에서 엄청나게 쏘아붙이는 듯 전화기를 귀에서 멀리 밀어낸 보안 팀장은 잠시 후 잠잠해진 전화기를 들고 대답했다.

"아무튼 지금 가고 있으니까 조금만 기다리세요. 참, 짐은 다 챙기셨어요?"

그렇게 전화를 끊은 보안 팀장은 서둘러 발길을 옮겼다.

집으로 돌아온 보안 팀장은 기다리고 있던 어머니의 잔소리를 들으며 짐을 챙기기 시작했고, 내일 아침 일찍 나가야 되니 어머니께 일찍 주무시라 말하고는 자신도 잠자리에 들었다.

보안 팀장은 여태껏 홀어머니를 모시느라 결혼도 하지 못하고 여행 한번 다녀온 적이 없었다. 그러다 이번 어머니의 칠순에 맞춰 어머니와의 여행을 계획한 것이었다. 한껏 들떠 있던 보안 팀장은 한동안 뒤척이다가 이내 술기운에 취해 잠이 들었고, 조용해진 틈을 타 요원이 담을 넘어 보안 팀장을 들쳐 메고 나왔다. 어느덧 동이 트기 시작했고 이른 잠에서 깨어난 보안 팀장의 어머니는 아들이 없는 것을 알고는 불이 나듯 전화를 하기 시작했다.

한편 마취에서 깨어난 보안 팀장 앞으로 니콜라스 요원이 전화기를 건네주며 협박하듯 말했다.

"자! 전화 받으시오. 우리 쪽 요원 한 명이 댁 앞에 있소. 갑자기 일이 생겨서 일 끝나는 대로 갈 테니 문 앞의 친구랑 같이 먼저 가 있으라 하시오."

"왜 이러시오? 나한테!"

"다른 악 감정 따위 없소. 다만 우리 일을 좀 도와주면 어머니도, 당신도 무사할 거요."

"무슨 일을?"

"당신 성삼의 보안 팀장이잖소."

"그렇소만."

니콜라스 요원이 손톱만 한 칩을 보안 팀장에게 건네주며 천천히 말했다.

"아주 간단한 일이오. 여기 이 칩을 보안 네트워크 장비에 심어 주기만 하면 되오."

"보안 팀장으로서 할 일은 아닌듯한데, 안 된다면?"

"그 뒤는 나도 장담할 수 없소. 빨리 결정하시오. 애타게 찾고 있는 어머니를 생각하시오."

한참의 고민 끝에 결심이라도 한 듯 전화를 받아든 보안 팀장은 어머니를 안심시켰다.

"어머니, 저 갑자기 회사에 일이 생겨서요, 마무리하고 갈게요. 집 앞에 나가 보세요. 같이 가기로 한 친구가 있을 거예요. 먼저 가 계세요."

"뭔 일인데? 갑자기? 별 일 있는 건 아니지?"

집 앞에 누군가가 기다리고 있다는 아들의 말에 대문 밖으로 나온 보안 팀장의 어머니는 문 앞에서 기다리고 있는 미모의 여성을 보고는 얼른 대문 뒤로 몸을 숨기곤 싱글벙글 웃어대며 속삭이는 말투로 아들에게 말했다.

"야! 이놈아! 진작에 말하지. 누구야? 애인?"

"어머니, 그건 나중에 말씀드릴 테니 일단 그 친구랑 먼저 출발하세요. 여기 일 끝나는 대로 따라갈 테니."

"알았다. 내 이 처자랑 먼저 가 있을 테니, 천천히 일보고 온나. 엄청 이쁘네! 다시 봤다, 아들!"

보안 팀장의 어머니는 미모의 여인이 노총각인 아들과 곧 결혼할 사이라는 확신을 가지고 순순히 따라나섰다.

어머니와의 통화를 끝내고 보안 팀장은 니콜라스와의 말을 이어갔다.

"내가 이 칩을 심는다 해도 곧 다른 팀원들이 알아챌 텐데,"

"걱정하시 마시오. 이 칩은 24시간 안에 자동 소멸될 것이오."

"목적이 뭐요? 보아하니 한국 기업은 아닌 듯한데……. 어디서 왔소?"

"알 필요 없소. 모르는 게 신상에 좋을 것이오."

"만약 이 일이 발각된다면……."

깊은 한숨을 지으며 고개를 떨구는 보안 팀장을 바라보던 니콜라스가 한가지 제안을 했다.

"한 가지 더 해 준다면 평생 편하게 살게 해 주겠소."

니콜라스의 말에 보안 팀장은 눈을 번뜩이며 고개를 들며 바라봤다.

"통신실에도 이걸 설치해 주시오."

"이건 도청 장치 아니오?"

"그렇소."

사실 네트워크실은 수시로 점검을 하지만, 통신실은 그다지 중요하게 생각하지 않아 고장 나지 않는 이상 통신실 장비를 만질 일이 없기 때문에 발각될 확률은 극히 드문 일이라고 보안 팀장은 생각했다.

"알겠소."

"일이 마무리되면 곧 바로 어머니가 계신 곳으로 보내드리고 동시에 어머니와 함께 여생을 편안히 보낼 수 있도록 충분한 돈도 마련해 드리겠소."

그렇게 확답을 받은 보안 팀장은 그길로 성삼을 향했다. 갑작스레 나타난 팀장을 보고 놀란 팀원들이 껄끄러운 표정으로 물었다.

"어? 팀장님 아침에 떠나신다고 안 하셨어요? 왜 여기 계세요?"

"그게 말이야, 바보처럼 날짜를 잘못 알았지 뭐야. 어제 짐 싸다가 확인해보니 내일 아침이었네……. 참나! 정말 나도 정신이 없지……."

"어휴, 팀장님도 참! 일은 똑 부러지게 하시고는 그런 것도 미리 확인 안 해 보시고, 그냥 집에서 쉬시지 뭐하러 나오셨어요?"

"집에 있으려니 갑갑하기도 하고 너희들이 잘 하고 있는지 확인하러 왔지."

"자, 자! 우리한테 맡겨 두시고 그만 들어가세요."

"아냐, 난 좀 더 피곤해져야 된다고, 다들 알잖아. 좁은 비행기 안 고통의 시간을…… 그래서 어제 간만에 회식도 한 거고……."

팀장의 말에 팀원들은 고개를 끄덕였지만 그렇다고 쉬는 날에 회사에 나온 팀장이 그렇게 달갑지는 않았다.

"다들 그냥 쉬고 있어. 오늘은 내가 다 한다. 마음 편하게 보안실에서 TV 보던지 잠을 자던지 해."

팀장의 말에 정말 그래도 되는지 팀원들은 주춤거렸고 다시 한 번 강하게 나오는 팀장의 말에 팀원들은 어차피 책임자는 팀장이니 뭔 일이야 있을까 하며 팀장을 교대로 지원할 조를 나누고 난 다음 다들 보안실로 향했다.

보안 팀장은 그렇게 남은 조를 나눠서 각 층별 사무실의 잠금 장치를 확인하게 하고 은밀하게 네트워크실과 통신실에 들어가 니콜라스 요원이 시키는 대로 한 후 곧바로 그 사실을 알렸다.

"빨리 해야 할 거요. 외부에서 네트워크에 침입하게 되면 바로 경보가 울리도록 되어 있소. 지금 그 경보를 해제할 테니 사람들이 출근하기 전 새벽 5시까진 모든 일을 마무리하시오. 그 이후로는 나도 책임질 수 없소."

보안 팀장의 말이 끝나기 무섭게 정보부 요원들이 성삼의 네트워크에 침입했고, 성삼 연구팀의 모든 정보를 무차별적으로 빼내 오기 시작했다.

다음 날 새벽 보안 팀장은 약속대로 해제했던 경보를 원위치 시킨 후 팀원들과 인사를 하고 성삼을 빠져 나와 니콜라스 요원이 준비해 둔 비행기표를 받아 들고 어머니가 있는 곳으로 향했다.

한편 새벽까지 빼 내온 자료를 정리하느라 정신이 없던 찰나, 미국에서 박사님들이 출발했다는 연락을 받은 니콜라스 요원은 다른 요원들에게 자료 정리를 부탁하고는 험프리스 캠프로 그들을 마중 나갔다.

니콜라스는 박사들이 도착하기까지 박사님들을 맞이하기 위해 캠프 내 미리 준비해 둔 연구동을 손수 지휘하며 정비했다. 정비가 어느 정도 끝날 무렵 박사들을 태운 비행기가 드디어 캠프 활주로에 모습을 드러냈고, 차례차례 내리기 시작한 박사들을 마중하며 인사했다.

"여기까지 오시느라 고생하셨습니다."

"사실 우리가 왜 여기로 오게 된 건지, 뭘 해야 할지 아직 잘 모르겠소."

비행기에서 내리자마자 박사들은 제각기 한마디씩 던졌다.

"우선, 오시느라 고생하셨는데 편히 쉬십시요. 저희 쪽에서 자료가 정리 되는대로 박사님들께 보내드리겠습니다."

니콜라스는 박사들을 캠프 내 차려진 연구동으로 안내했다. 연구동에 들어선 박사들은 아직까지 그렇다 할 장비가 갖춰져 있지 않은 모습을 바라보며 여기서 뭘 할 수 있을까 하며 걱정했다.

박사들의 마중을 끝내고 돌아온 니콜라스는 요원들이 정리해 놓은 자료를 살펴보던 중 PCS 팀이라는 석연치 않은 부분이 계속 신경 쓰여 PCS 팀에 대해 좀 더 세밀하게 조사하기 시작했다. 조사하면 할수록 수상한 점이 계속 나왔고, 특히 수상한 점은 그 PCS 팀이 만들어진 날짜가 공교롭게도 박찬식 박사가 성삼에 들어가기 이틀 전에 만들어졌다는 것, 그리고 그 팀에서 수상한 광물을 다량으로 매입하고 있다는 것, 또 한 가지는 그 팀의 위치가 그 어디에도 나와 있지 않다는 것이었다.

이런 사실들로 추측해 볼 때 니콜라스는 분명 그 팀이 찬식 박사의 연구팀일 거라고 확신했고, 우연히 들춰 본 계약 부서의 한 파일에서 그 팀의 위치가 적힌 흔적을 찾아내기에 이르렀다. 니콜라스는 그 광물의 이름과 PCS 팀의 위치를 적어 서둘러 캠프 내 박사들을 찾았고 다들 모인 자리에서 박사들에게 건네주며 말했다.

　"여기 저희가 입수한 자료들입니다. 제 생각엔 PCS 팀이 박찬식 박사의 연구팀인 것 같습니다. 한번 살펴봐 주십시오."

　한참을 말없이 살펴보는 박사들에게 니콜라스가 물었다.

　"근데 디스트로듐? 이트륨? 이게 뭡니까?"

　니콜라스의 물음에 박사 중 한명이 답을 했다.

　"아! 들어 보셨는지는 모르겠지만 희토류 중의 하나요. 아직까지 연구 중이지만, 디스트로듐은 초전도체를 만드는 데 사용되기도 하지요. 그리고 이트륨은 손실 없이 에너지를 전파하는데 사용되기도 하는 물질입니다. 그 두 가지 물질만 봐도 그 PCS 팀이 박찬식 박사의 연구팀이 확실해 보이오."

　그 박사의 말에 '됐어.'라며 두 주먹을 불끈 쥐며 속으로 만세를 불렀다.

　"저⋯⋯ 그렇다면 지금 바로 그 팀의 있는 곳으로 갈까 하는데, 같이 가실 분 계십니까?"

　니콜라스의 말에 박사들은 너도나도 할 거 없이 따라나서고 싶다고 했으나 만일의 사태를 대비해 그 희토류에 대해 설명을 해 준 박사 한 사람만 데리고 캠프를 나섰다. PCS 팀의 위치로 가는 와중에도 그 박사는 연신 전화로 어디론가 전화해 디스트로듐과 이트륨에 관한 연구 중인 모든 자료와 정보를 알아보기 시작했지만, 딱히 성과는 없었다. 그도 그럴 것이 아직까지 그 물질에 대해서 알려진 내용이 많이 없고 현재까지도 계속 연구 대상인 물질들이었기 때문이었다.

어느새 니콜라스와 박사는 PCS 팀 인근에 도착했다. 언뜻 보기엔 어느 재벌의 호화로운 별장처럼 보였지만 출입문 옆 경비실에서 밖을 배회하는 니콜라스와 박사를 계속 응시하고 있는 경비원의 눈빛이 예사롭지 않았다. 밖에선 도저히 안을 살필 수 없자, 니콜라스는 경비실로 다가가 말을 걸었다.

"죄송합니다만, 지나가던 관광객인데 화장실이 급해서 그러니 잠시 사용할 수 있게 해 주시면 안 될까요?"

돌아오는 대답은 뻔했고, 니콜라스는 일부러 경비원이 들릴 정도로 큰 소리로 말했다.

"칫! 한국은 화장실 인심이 좋다더니만 그것도 아니네."

그러곤 의심을 피하기 위해 박사와 함께 경비실에서 보이는 언덕으로 발길을 옮겨 바지 지퍼를 내렸다. 그 모습을 본 경비원 중 한 명이 웃으며 말했다.

"급하긴 했나 보네. 저기서 해결하는 걸 보니, 하하하."

"근데 좀 이상하지 않아? 여기 뭐 있다고? 아무것도 없는 이곳에 외국인이 있을 이유가 없는데……. 본사에 보고해야 되지 않을까?"

옆에 있던 경비원이 수상쩍다는 듯이 말했다.

"뭐, 그럴 필요까지 있겠어? 길도 모르고 어쩌다보니 여기까지 왔겠지? 굳이 일 만들지 말자고."

니콜라스와 박사는 볼일을 보는 척한 후 경비실에서 보이지 않는 언덕 아래로 내려가 연구소가 내려다보일 것 같은 뒷산에 올라갔다. 연구소 뒷산 중턱쯤 올라가자 나무에 가려진 연구소가 보이기 시작했고, 나무와 풀숲을 헤치고 가장 가까운 곳까지 이동해 연구소를 내려다 본 니콜라스와 박사의 눈에는 축구장만 한 크기의 운동장에 지그재그로 엮여 있는 엄청나게 크고 안이 훤히 보이는 유리튜브 같은 관들이 늘어서 있는 것이 보였다.

"박사님! 저 롤러코스터처럼 보이는 유리 튜브의 정체가 뭘까요?"

"……."

니콜라스의 물음에 박사는 도무지 알 수 없다는 듯 아무 말을 하지 않았다. 아니, 할 수가 없었다.

"아! 저기, 저기 좀 보세요. 박사님, 롤러코스터 저 끝에 자동차처럼 보이는데…… 보이십니까?"

"그렇네요. 일반적인 자동차는 아닌 듯한데, 필시 박찬식 박사가 연구중인 걸거요."

"그렇겠죠?"

"아마도요. 참, 휴대폰 좀 빌려 주시오. 사진 좀 찍어 갑시다. 아까 전화 통화를 많이 해서 배터리가 거의 없소."

"아! 제 것도 여기 오기 전에 충전을 못 해서 배터리가 거의 없는데. 혹 무슨 일 생기면 곤란하니 제 것보단 박사님 것을 쓰시는 게 좋을 듯합니다."

일리 있는 니콜라스의 말에 박사는 자신의 휴대폰을 꺼내 들어 최대한 줌을 당겨 여러 장의 사진을 찍기 시작했다. 그러다 우연히 휴대폰 배터리 체크 표시에 눈이 갔고, 완충되어 있는 표시를 보곤 이상하게 생각했지만 단순 표시 고장으로 생각했다. 하지만 여느 때 같으면 한참 전에 방전되어 꺼졌어야 할 휴대폰이 아직까지 살아 있는 것을 보곤 뭔가 이상한 느낌을 받아 박사는 니콜라스의 핸드폰도 확인을 했다. 니콜라스의 휴대폰 또한 완충 상태임을 확인한 박사는 뭔가 이상한 듯 잠시 생각에 잠겼다.

"니콜라스! 손목 시계 좀 보여 주시오, 빨리, 요원이니 시계에 나침반도 같이 있겠지요?"

니콜라스의 시계를 본 순간 박사는 '역시'라며 고개를 끄덕였다.

"무슨 일입니까? 박사님!"

"음!"

잠시 생각을 정리하는 듯 두 눈을 감고 있던 박사가 입을 열었다.

"여기 나침반을 보시오. 빙글빙글 돌고 있죠. 그 말은 즉 여기 주변에 엄청난 자기장이, 전자파가 흐르고 있다는 거요. 그 덕분에 이 휴대폰이 충전된 것 같소."

"네? 무슨 말인지?"

뭔가가 있는 것 같은데 잘 모르겠다는 듯한 표정의 니콜라스를 바라보며 박사는 당연하다는 듯 말했다.

"잘 모르는 게 당연한 일이오. 하지만 더 이상한 건 이 정도의 자기장이면 인체에 무리가 올 만도 한데, 당신이나 나나 저 안에 있는 모든 사람이 전부 아무렇지도 않다는 거지. 도대체 저 안에서 무슨 일이 벌어지고 있는지……."

박사의 말에 놀람을 감추지 못하고 멍하니 앉아 있던 니콜라스에게 박사는 한 가지 실험에 들어갔다.

"일단 이 자기장이 어디까지 미치는지 한번 살펴봅시다."

니콜라스와 박사는 연구소에서 점점 더 멀리 떨어졌고 약 1㎞ 부근에서 빙빙 돌던 나침반의 바늘이 멈춰 섰다.

캠프로 돌아온 박사는 동료 박사들을 불러 모아 지금껏 살핀 내용을 상세히 설명을 하며 머리를 맞대기 시작했고, 니콜라스는 곧바로 상부에 보고할 내용을 정리해 보고했다. 그들은 우선 지금 상황을 고려해 볼 때 찬식의 연구 내용을 알아내기에는 상당한 시일이 걸릴 것으로 찬식의 연구를 지연시킬 방안으로 핵심 재료인 것으로 보이는 희토류에 대해서 대책 강구가 필요해 보인다는 말과 함께, PCS 팀에서 구매했던 모든 내역을 정리해 같은 물건들을 보내달라고 본국에 요청했다.

한편, 보고를 받은 과학기술부 장관의 뇌리에 찬식 박사의 연구가 곧 성공할 것이라는 불길한 예감이 스쳐 지나갔다. 전 인력을 동원해 연구의 핵심 물질인 희토류에 대한 모든 조사를 지시했고, 이 사실을 미 대통령에게도 보고했다. 며칠 후 대통령 주재 하에 모든 장관들이 백악관으로 모여들었고, CIA 국장의 상황 설명을 시작으로 과학기술부 장관의 기술부 브리핑이 이어졌고, 모든 브리핑이 끝나자 대통령이 입을 열었다.

"기술부 장관의 말에 의하면 곧 그 연구가 마무리될 거라는 얘긴데, 맞소?"

"네, 불행하게도 그렇습니다."

"미국 내 최고의 박사들까지 보냈는데 아직까지 그 연구 내용에 대해 실마리를 잡지 못했단 말이오?"

다그치는 대통령의 말에 고개를 숙이며 과학기술부 장관의 기어 들어가듯 작은 말소리가 조용한 회의장에 조용히 퍼졌다.

"한국 내에서도 워낙 비밀리에 하고 있다 보니 연구소의 위치조차 알아내는 데 상당한 시간이 걸렸습니다. 하지만 이제 어느 정도 파악을 했으니 곧 알아낼 수 있을겁니다. 조금만 더 시간을 준다면……."

"내가 시간을 준다 한들 무슨 소용이오. 거기서 먼저 개발하면 끝인 것을……."

"그래서 하는 말입니다만, 앞서 설명 드린 바와 같이 핵심 재료는 그 희토류인 것으로 보입니다."

"그래서?"

눈을 번뜩이며 관심이 있는 듯 양손을 깍지 낀 채 턱을 받친 대통령은 과학기술부 장관을 바라보며 물었고, 과학기술부 장관이 말을 이어갔다.

"저희 쪽에서 조사한 결과 그 물질의 최대 생산지는 중국입니다. 그 다음으로는 우리 미국이지요. 박찬식 박사의 연구팀도 중국을 통해 그 물질을 수입하고 있었고요."

가만히 말을 듣고 있는 대통령을 본 과학기술부 장관은 탄력을 받아, 말을 이어갔다.

"중국과 합작해서 그 희토류 물질에 대한 수출을 금지하는 겁니다."

과학기술부 장관의 이 말에 국무부 장관은 벌떡 일어서며 외쳤다.

"무슨 말도 안 되는 소리요. 중국과 합작이라니…… 중국이 순순히 우리말을 따라줄 것 같소?"

대통령이 있음을 잊은 채 양손으로 회의 탁자를 내리치며 기술부 장관을 향해서 손가락질을 했다. 그 모습을 가만히 지켜보던 국무부 장관이 한마디 거들었다.

"가능할 수도 있소. 최근 중국의 행동도 심상치 않소. 남북 합작 발표 한 이후 얼마 있지 않아 중국의 군사들이 북한과의 경계 지역에 모여 들기 시작했소. 이것은 필히 중국도 경계하고 있다는 것이지요. 우리 측에서 어느 정도 정보를 제공해 주는 대가로 협상을 진행하면 충분히 가능한 얘기일 듯 보입니다."

국무부 장관의 말에 얼굴의 생기를 되찾은 과학기술부 장관이 자신 있다는 표정으로 말했다.

"그렇게만 된다면 우리가 먼저 개발에 성공할 수 있을 충분한 시간을 벌 수 있을 것 같습니다."

"……그렇게 하시오."

한참 후에 대통령은 고개를 끄덕이며 답을 했고, 과학기술부 장관의 말에 희망을 건다는 듯이 장관의 어깨를 툭툭 치곤 천천히 회의장을 걸어 나갔다.

한편 김 위원장은 매일같이 깊은 고민에 빠져 편안한 잠을 이루지 못하고 있었다. 그도 그럴 것이 중국의 군사 병력이 대거 북과의 경계 지역에 배치됨에 따라 국경 지역의 북한 주민들의 혼란을 야기시켰고, 때때로 중국의 병사들이 국경을 넘어 북 주민들을 약탈하기도 했으며 하루 걸러 이루어지는 군사 훈련으로 인해 총소리와 포격 소리가 끊이지 않자, 불안에 빠진 북 주민들은 그곳을 벗어나려 도망치기도 했다. 그동안 이렇다 할 총격전은 벌어지진 않았지만 중국 군사와 북한의 군사들간의 잦은 시비가 붙었고 언제 총격전이 벌어져도 놀라운 일이 아닐 정도로 극도의 긴장된 상태가 줄곧 이어졌다. 상황이 이 정도에 이르자 김 위원장은 유천과의 약속을 깨고 다시 중국의 편에 설까 잠시 망설였지만, 이내 마음을 고쳐먹었다. 어차피 중국은 언젠간 넘어서야 할 벽이었고 그게 바로 지금이라고 김 위원장은 생각했다. 탈중국의 군건한 마음을 가지고 김 위원장은 유천에게 손을 내

밀었다.

한국군이 중국과의 경계 지역에 투입되었고, 한국군의 투입에 당황한 중국이 이러지도 저러지도 못 하고 있는 찰나에 미국에서 연락이 왔다. 그렇게 미 장관들과 중국의 총리를 포함해 각 서기들이 한자리에 모여 들었다.

미 국무부 장관의 간략한 설명을 시작으로 과학기술부 장관이 박찬식 박사의 연구 내용에 대한 상세한 설명을 이어갔다.

"지금 한반도의 분위기가 심상치 않습니다. 그 원인으로 다들 아시다시피 남북 공동 미래 도시 건설이지요. 우리 측에서 조사한 바로는 그 핵심기술을 아직 연구 중이고, 어느 정도의 결과물이 나온 것으로 판단하고 있습니다."

사실 중국은 그 정도까지 인지하고 있지 않은 상태에서 미 과학기술부 장관의 말은 그들에게 놀라운 충격이었다.

"그래서 오늘 모이자고 한 이유가 뭡니까?"

총리가 단도직입적으로 물었다.

"사실 그 핵심 기술의 주원료가 희토류입니다. 그 희토류의 최대 생산지는 바로 중국 아닙니까?"

"그래서요?"

"우리는 중국에서 희토류 채취를 전면 중단하면 어떨까 합니다만……. 재료가 없으면 연구도 중단될 테니 그동안의 시간을 벌 수 있을 것입니다."

"그래서요? 시간을 벌어서 어떻게 하시려고? 희토류 채취를 전면 중단하면 희토류를 이용하는 세계 산업 경제에 엄청난 영향을 미칠 텐데……."

"그런 뜻이 아니라, 우리가 연구 자료를 빼내 올 수 있는 시간만……."

과학기술부 장관은 말을 하다가 아차 싶어 주위를 둘러봤다.

"아하! 그런 뜻이 있었소? 하지만 생각해 보시오. 희토류 채취를 전면 금지하면 이를 사용하는 세계 각 산업 경제에 영향을 미칠 테고, 그 비난을 우리 중국이 전부 감당해야 할 텐데, 싫소."

딱 잘라 말하곤 '주는 게 있으면 오는 게 있어야지.'라며 미 장관들에게 들릴 듯 말 듯 혼잣말로 속삭였다. 그 혼잣말이 국무부 장관에게 들렸는지, 국무부 장관이 손사래를 치며 총리를 달랬다.

"그런 부탁을 아무런 대가도 없이 우리가 하겠습니까? 원하는 것이 있으면 말씀하시오."

미 국무부 장관의 말에 한참을 고민하던 총리가 말했다.

"그럼 우리 쪽 과학자들도 같이 붙여 주시오."

"좋소."

미 장관들은 나중의 일은 차후에 생각하기로 하고 일단 중국과 합의하는 데 성공했고, 그날 이후로 희토류는 서서히 세계 각국에서 사라지기 시작했다. 그리고 그 여파가 얼마 지나지 않아 찬식의 연구에 제동이 걸리기 시작했다. 찬식은 성삼 본사에 잇달아 주재료 구입을 수없이 요청했지만, 돌아오는 대답은 한결

같이 구할 수 없다는 말뿐이었다.

일이 이 지경에 빠지게 되자 성삼의 회장이 직접 나서게 되었고, 성삼은 조직적으로 찬식의 주재료 출처를 깨기 시작했다. 그러다 우연히 미중 연합 작전이라는 사실을 알게 되었고 상심에 빠져 있던 찬식은 혹시나 하는 마음에 북한의 희토류에 대해 알고 있는 경대에게 연락을 했다.

"오, 찬식! 잘 지내고 있나?"

간만에 걸려 온 찬식의 전화를 받고 한층 들떠 있는 목소리로 경대는 찬식을 반겼다.

"어…… 나야 뭐…… 그렇지, 너는? 요즘 어떠냐?"

"나야, 뭐 아직까지……. 그냥 학생들이나 열심히 가르치고 있지. 연구 잘 되가나?"

"……"

경대의 물음에 잠시 동안 찬식의 목소리가 들리지 않자 불길한 예감을 경대는 직감했다.

"경대야! 다름 아니고 뭐 좀 물어보자."

"뭔데? 말해 봐."

"그 있잖아…… 북한에 매장되어 있다는 희토류……."

"어, 그게 왜?"

"그때 네가 세계 1위 수준이라고…… 사실 그 희토류 물질 중 몇 가지가 내 연구의 주재료인데 갑자기 끊겨버렸어."

찬식의 말을 경대는 이해하지 못했다. 그도 그럴 것이 반도체

등 각 산업 분야에 굉장히 많이 쓰이는 재료라 어디서도 구할 수 있으리라고 경대는 생각했다.

"나도 얼마 전에 안 사실인데, 어디서 정보를 얻었는지 미국과 중국이 연합해서 내 연구를 방해하려는 것처럼 보여. 더 이상 어디에서도 재료를 구할 수가 없어."

찬식의 그 충격적인 말을 듣곤 경대는 잠시 동안 할 말을 잊어버렸다.

"그래서 말인데, 북한에 매장되어 있다는 희토류가 어떤 종류가 매장되어 있는지 알고 있나 해서……."

"나도 정확하게는 잘 모르는데 아마도 모든 종류가 다 있을걸?"

"그렇겠지?"

"너, 설마? 북한 희토류를 채취하자는 말은 아니겠지?"

"아니, 이제 그 방법밖엔 없어. 이제 곧 끝나가는데, 조금만 더 하면 되는데, 여기서 중단되면 또 언제 다시 시작될지, 얼마나 시간이 걸릴지 장담할 수 없어."

"그래서 어쩌려고? 네가 북에라도 올라가려고?"

"아니, 천이한테 좀 부탁해 봐야지. 될지 안 될지 모르지만……."

그렇게 찬식은 경대와의 통화를 끊고 곧장 유천이 있는 청와대로 달려갔다.

CHAPTER

14.

새로운 시작

한편 유천과 오동은 찬식으로부터 긴급한 연락을 받고 기다리고 있었다.

"무슨 일이지? 동아! 니 혹시 뭔가 짚이는 거 있나?"

"모르지? 혹 연구가 성공했나?"

"그렇다면 다행인데……."

무겁게 말하는 유천은 찬식과의 통화에서 무척 다급함을 느꼈던 터라 얼굴이 그다지 밝지 않았다. 초조하게 기다리고 있는 유천과 오동 앞에 숨을 가프게 몰아쉬며 나타난 찬식은 한동안 거친 숨을 추스렸다. 잠시 동안이지만 찬식의 이런 모습에 유천과 오동은 무언가 큰일이 생긴 걸 직감적으로 느꼈고, 찬식이 말할 때까지 차분히 기다렸다.

어느 정도 가쁜 숨을 추스르고 나자 드디어 찬식이 말문을 열었다.

"어디부터 얘기해야 될지 모르겠네."

뜸을 들이는 찬식에게 유천은 괜찮다는 듯 편안한 표정을 지어 보였다.

"왜? 뭔 일인데?"

"저번에 내가 성과 보여 준다고 한번 왔다 갔었잖아. 그 뒤로 난 우리 팀들과 줄곧 연구에 몰두하면서 신재료 개발에 박차를 가했고, 어느 정도 성공하기도 했지."

찬식의 성공이라는 말에 유천과 오동은 어두운 찬식의 표정과는 반대로 부푼 희망에 찬 얼굴로 마주봤다.

"근데 그게 말이야, 이제 더 이상은……."

고개를 떨구며 말이 없는 찬식을 바라보던 유천의 눈동자가 흔들리고 있었다.

"괜찮다. 너무 조급하게 생각하지 마라. 천천히 하면 되지."

유천의 상심 어린 말에 찬식은 바로 말을 이어갔다.

"솔직히 말하자면 재료가 없어 연구가 중단된 상태야, 성공이 바로 코앞에 있는데 지금 연구에 쓸 재료가 어디에서도 수급되지 않아. 그 재료가 희토류인데 그걸 지금 미중이 연합해서 제한하고 있는 것 같아. 성삼에서 알아본 바로는 희토류 중 특히 내 연구에 필요한 재료에 대한 건 전부 막아서고 있다고 하더라고."

"……."

찬식의 말에 유천과 오동은 분개하면서도 딱히 어찌할 방법이 생각나지 않아 멍하니 창밖만 바라보고 있었다.

"전혀 방법이 없는 건 아닌데……."

맥없이 창밖만 바라보는 유천의 등 뒤로 찬식이 조심스레 입을 열었다.

"방금 경대한테서 확인하고 오는 길인데, 둘 다 알잖아. 북한의 희토류에 대해서……."

찬식의 말에 오동은 깜짝 놀라 그 자리에서 벌떡 일어났다.

"그럼, 네 말은 북한의 희토류를 채취하자는 거야?"

"지금 방법은 그것밖에 없어. 시간이 갈수록 연구는 더 힘들어질 거고 언젠간 미중이 그 기술을 확보할 테지."

"음……."

유천과 오동은 찬식의 말에 짧은 탄식을 했다. 사실 찬식의 말 그대로 미중이 이 일에 연합했다면 그 의도가 찬식의 연구를 지연시킴과 동시에 그들이 개발에 나섰다는 의미이기도 했음을 오동은 알아챘다.

"천아! 찬식의 말대로라면 시간이 그리 많이 남아 있지 않아 보이는데……."

오동과 찬식의 말에 한참 동안 말이 없던 유천이 결심을 한 듯 말했다.

"그래! 차라리 잘 됐는지도 모르지. 어차피 지금이든 나중이든 해야 할 일이니 좀 빨리 한다 생각하자고."

"천아! 그렇게 간단히 생각할 문제가 아니야. 나도 잘 알지는 못 하지만 채취만으론 해결될 일은 아니야. 채취해서 어느 정도의 가공이 꼭 필요하다고."

경제학자임에도 불구하고 어디서 들었는지 오동이 걱정스러운 듯 말했다.

"그래? 그럼 기업을 끌어들이지 뭐."

"도대체 어딜?"

"성삼이랑 NG는 어때? 어차피 성삼은 찬식이와 연관이 있을 테니 움직일테고, NG가 문제이긴 한데……."

유천의 NG라는 말에 찬식은 휴대폰을 꺼내 들며 말했다.

"유미 씨가 NG에 있으니 내가 한번 연락해 볼게. 잠시만."

서둘러 휴대폰에 저장된 번호를 누르며 유미에게 전화를 걸었고, 이윽고 들려오는 유미의 목소리는 미묘하게 떨렸다.

"어머! 찬식 씨, 오랜만이네요. 잘 지내죠?"

"저야, 뭐 그렇죠. 유미 씨 연구는 잘 돼 가고 있나요? NG에서 많이 지원해 주죠? 어때요?"

찬식은 우선 유미의 연구 근황과 함께 슬쩍 NG에 대해 물었다.

"확실히 대기업이라 그런지 팍팍 밀어주고 있어요. 근데……."

말끝을 흐리는 유미의 말에 찬식은 불길한 예감이 들었고, 연이어 유미는 답답한 심정을 토로하는 듯 말을 이었다.

"사실 제 연구도 사실상 거의 완성 단계에 접어들었어요. 우연히 촉매제를 발견하게 되어서 연구가 갑자기 활기를 띠게 되었죠. 근데 갑자기 그 촉매제가 시장에서 사라져 버려서…… 사실 지금은 연구 중단 중이에요. 뭐, 조만간 구할 수 있겠죠."

유미의 말에 찬식은 혹시나 하는 마음에 물었다.

"혹시, 그 촉매제라고 하는 게 희토류 중 하나?"

"어머! 어떻게 아셨어요?"

유미는 물론이거니와 찬식도 깜짝 놀랐다.

"유미 씨, 잘 들어요. 앞으로 그 촉매제를 구할 수가 없을거에요. 저 역시 희토류 중 몇 가지 원소를 사용하는데 갑자기 공급이 끊겨 버렸죠. 어디에서도 구할 수 없게 되자 성삼 회장의 지시로 조사를 했는데, 그게 미국과 중국이 관련돼 있는 것 같아요."

"그럼 어떡해요? 마지막 실험만 남았는데……."

"일단 NG에 이 사실을 알리고 기다려 보세요. 지금 대통령과 같이 있으니 뭔가 해결책이 나오겠죠." 찬식의 통화 내용을 엿듣고 있던 유천과 오동은 일이 시급함을 느꼈고 이내 유천은 오동에게 말했다.

"동아! 안 되겠다. 우선 성삼과 NG 회장님에게 연락을 넣어 빨리 이곳으로 오시라 해야겠다."

"그래! 열쇠는 그들이 갖고 있다고 봐야겠지."

다음 날 이른 새벽, 성삼과 NG의 회장이 서로 얼굴을 쳐다보며 어색하게 자리에 앉아 있었다. 그 둘이 한자리에 있는 건 아마 기업 창단 이래 손에 꼽을 정도였다.

"아, 죄송합니다. 회장님, 제가 좀 늦었습니다. 이렇게 빨리 오실 줄은 몰랐습니다. 하하하."

유천은 무거운 분위기를 바꿔보려는 듯 일부러 한바탕 웃어 보였지만 가라앉은 분위기가 쉽사리 변하진 않았다.

"그럼, 단도직입적으로 말씀드리겠습니다. 성삼의 회장님은 어느 정도 알고 계시라 생각됩니다만, 지금 성삼과 NG에서 연구 중인 신기술에 관한 얘기입니다."

"그 얘기라면 나도 어제 최유미 박사에게 들었습니다."

"그럼 얘기가 빠르겠네요. 두 연구의 핵심이 희토류인 건 두 분 다 아실 겁니다. 그리고 지금 미중이 연합해서 두 분의 연구를 방해하고 있다는 사실도 알고 계실 거고요."

"그렇습니다만, 대통령께서 우릴 부른 게 뭔가 대책이 있어서 아니십니까?"

눈치 빠른 성삼 회장이 재촉하듯 말했다.

"네. 저는 북에 매장된 희토류를 채취하려 합니다. 그러기 위해선 희토류 가공 기술이 필요한데, 아직 북은 그 기술이 안 되는 터라, 이렇게 두 분을 긴급히 모시게 되었습니다."

성삼 회장의 얼굴을 스윽 살피곤 대변하듯 NG 회장이 말했다.

"그 말인즉, 그걸 우리보고 하라는 얘깁니까? 아시다시피 우린 기업가입니다. 어떻게 될지 모르는 상황에서 함부로 뛰어들고 싶진 않습니다만……."

"그건 걱정하지 마십시오. 모든 제반 비용은 정부가 부담합니다. 다만 가공 기술을 성삼과 NG 쪽에서 지원해 주시기만 하면 됩니다. 물론 연구 외에 채취된 희토류는 수출하시면 되고요. 다만 그 수입금의 30%는 북에, 그리고 40%는 앞으로의 국토 재건설 비용에 충당하시면 됩니다. 어떠십니까?"

유천의 제안에 두 회장은 서로 눈치를 보듯 얼굴을 바라보며 한참을 생각하다 성삼 회장이 입을 열었다.

"좋습니다. 그렇게 하지요. 언제부터 준비할까요?"

빠른 성삼 회장의 결정에 NG 회장도 어쩔 수 없이 고개를 끄덕이고 말았다.

"빠를수록 좋습니다. 지금 바로 준비하시는 게 좋을 듯 합니다."

그렇게 성삼과 NG 회장과의 얘기가 끝난 유천은 곧바로 김 위원장과 연락을 취했다.

"오, 유천 동지! 그동안 연락도 없고 해서 내가 연락하려 했는데……. 잘 있으시오?"

간만의 전화라 마치 옛 친구를 만난 듯 김 위원장은 유천을 반갑게 맞아 주었다.

"그나저나 건강은 좀 어떠십니까? 중국 때문에 많이 힘드실 텐데,"

"아니오, 최근에는 잠잠하오. 어찌된 영분인지 점점 중국의 군사들이 하나둘씩 빠져나가고 있소. 이제 좀 살맛나오. 하하하."

그 웃음 소리가 김정은 위원장의 현재 심정을 대변해 주고 있었다.

"그래, 참 어쩐 일이오? 안부 묻자고 한 건 아닌 것 같소만."

"네, 만나서 해야 될 얘기인지라, 그때 그 장소에서 오늘 밤 괜찮으십니까?"

"그러지요. 간만에 얘기도 하고 회포도 풀어 봅시다."

그렇게 유천은 김 위원장과의 약속을 잡고 김 위원장을 설득할 준비가 끝나자, 만남의 장소로 오동과 함께 출발했다. 유천이 도착하자 반갑게 맞이하는 김 위원장을 보고는 유천은 차마 입이 떨어지지 않았다.

"그래, 그동안 어떻게 지내셨소?"

"말도 마십시오. 나라를 이끌어 간다는 것이 이렇게 힘든 일인지 몰랐습니다. 뭐만 하려 하면 안 된다며 여기저기서 반대하고 막아서고…… 그런 거 보면 참 대단하십니다. 김 위원장님은……."

"그거야 뭐, 별거 있겠습니까? 그냥 힘으로 누르는 거지요. 하하하."

유천의 칭찬 섞인 말에 한바탕 크게 웃으며 손짓을 하니 그들 앞으로 주안상이 차려졌다.

"자. 자. 간만에 만났으니 술이 빠질 수야 없지 않겠습니까? 준비한 건 없지만……."

김 위원장은 북한의 전통주인 삼백술을 꺼내들며 유천에게 권했다. 인삼을 주원료로 쓰는 전통주로 잔에 따르는 순간 은은한 인삼의 향이 느껴졌고, 한 모금 입에 머금은 유천은 입안에 깊게 퍼지는 인삼의 맛에 또 한번 감탄했다.

"캬! 정말 좋네요. 이건 마치 술이 아니라 보약이군요. 아무리 먹어도 취하지 않겠네요. 남는 거 있으면 가져가고 싶을 정도입니다. 하하하."

"이거 개성 인삼을 주원료로 만든 술이라 그 중에서 제일 맛난 것들로 가져왔습니다. 많이 있으니 나중에 들고 가시오."

그렇게 한바탕 어지럽게 술자리가 이어졌고, 어느 정도 취기가 오르자 술의 힘을 빌려 유천은 천천히 입을 열었다.

"위원장님! 오늘 만나자고 한 건……."

"참! 그렇지, 무슨 일이오? 잊고 있었네. 하하하."

"다름 아니라, 저희 측에서 남북국토재건설의 핵심 기술을 연구 중인 거 위원장님도 아실 겁니다."

"물론 알고 있다마다요. 그런데 뭔가 문제가 있습니까?"

"네, 좀 사소한 문제가 발생했습니다."

"말해 보시오. 우리가 도울 일이 있으면 도울 테니."

그렇게 한참을 유천은 두 사람의 연구 내용과 함께 미중이 연합해서 주재료를 구할 수 없어 연구가 중단되었다는 사실을 전했다.

"그래서 하는 말입니다만…"

조심스레 김 위원장의 눈치를 살피며 말을 이어갔다.

"북한에 있는 희토류를 이용하면 어떨까 합니다."

"평안북도 인근 광산에 많이 있긴 하지만……."

말끝을 흐리는 김 위원장의 말에 재빨리 유천이 답했다.

"승낙만 해 준신다면 제반 비용, 가공 기술을 포함해서 우리가 다 해결하겠습니다. 그리고 필요로 하는 희토류를 제외한 자원은 수출하고 그 수익금의 30%를 보내 드리지요."

수익금의 30%를 준다는 유천의 말에 술에 취해 내려앉은 김 위원장의 눈꺼풀이 치켜 올라갔다.

"그럼, 만약 그렇게 한다고 치면 연구는 언제쯤 끝날 것 같소?"

"곧 마무리될 것입니다."

그리곤 한참 동안 침묵의 시간이 흘러갔고, 결심을 한 듯 김 위원장이 말했다.

"좋소. 이왕 그렇게 된 거 이렇게 합시다. 희토류도 캐고, 저번에 약조했던 남북공동개발도 바로 시작합시다. 올라오시오. 어차피 임시 거처도 만들어야 하고 국토를 갈아 엎으려면 시일이 걸리니……. 그동안엔 연구가 안 끝나겠소?"

언제 술에 취했는지 모르게 결의에 찬 표정으로 유천의 두 손을 맞잡았고 유천은 연신 감사하다며 눈시울이 붉어졌다.

이튿날 아침, 유천은 경대, 찬식, 오동, 성삼과 NG를 포함해 한국의 중·대형 건설사의 CEO들을 한자리에 불러 모았다. 김 위원장과 만나 얘기했던 일을 설명하며 10일 후 오전 10시 광화문 광장에서 국토개발추진위원회의 발족식을 시작으로 곧바로 북으로 이동할 것임을 전달했다.

그로부터 10일 후 8월 15일 오전 10시.

광화문 광장 앞에는 유천의 생각과 달리 어머어마한 인파와 중장비들이 줄지어 늘어서 있었다. 발족식을 구경하러 나온 시민들은 물론이거니와 국내 소규모 건설사들도 전부 모여들었다. 그도 그럴 것이 그동안 국내 경기 침체로 명백만 유지해 오던 소규모 건설사들에게는 엄청난 기회였다.

소란스러운 와중에 국토개발추진위원회의 발족식이 거행되었고 단장으로 조경대 박사, 뒤이어 미래도시건설추진위원회의 단장으로 박찬식 박사가 임명되었다. 두 위원회의 발족식이 마무리되자, 유천이 단상에 올랐다. 유천은 단상 뒤 수많은 인파를 내려다보고 있는 세종대왕 동상을 한번 뒤돌아보며, 큰 소리로 외쳤다.

"여러분! 그동안 오래 기다리셨습니다. 오늘이 무슨 날입니까? 조국 광복의 날입니다. 또한, 후세에 오늘은 한반도를 새로 시작하는 날로 널리 기억될 것입니다. 이제 우리는 새로운 역사를 쓰게 될 것입니다. 여러분이 바로 그 주인공들이십니다."

세종대왕 동상 앞에 선 유천은 어느새 벌겋게 눈시울이 달아올랐고, 그런 모습을 세종대왕은 미소 지으며 흐뭇하게 바라보는 듯했다. 마지막으로 유천은 친구들이 자랑스러운 듯 찬식, 오

동, 경대를 번갈아 바라봤고, 이어 유천의 한 마디가 광화문 광
장에서부터 전국으로 울려 퍼졌다.

"자, 경대야! 찬식아! 오동아! 준비 됐나? 가자!"